Band 17
Zweite, korrigierte Auflage, 2015

Viktor Grube suchte einen Stock, um das Schilf auseinander zu biegen. In ihm keimte ein Verdacht, den er gleichzeitig weit von sich wies. Er stieg die kurze Böschung hinunter und ging einige Schritte ins Wasser hinein. Jetzt war er sich sicher: Im Schilf lag ein Körper, wohl eine Leiche. Aber genau wusste er das ja nicht. So überwand er sich kurz entschlossen und watete näher an den Körper heran. Grube stand vor dem Oberkörper. Das Gesicht lag im Wasser. Beherzt griff Viktor Grube zu und drehte den Kopf aus dem Wasser.

„Nein! Hilfe! Wer macht so etwas!", schrie der Mann, ließ den Kopf aus seinen Händen fallen und lief schluchzend ans Ufer.

J. Baasch, K. Frahm, Ch. Günther, H. Wiedling

Die Seminaristin

Vierter Bordesholmkrimi

Mit Dank an Herrn Klaus Flor für die zahlreichen Korrekturvorschläge

Prolog

„Mist!"
Sofie knallte die Klarsichthülle mit der Verwaltungsrechtsarbeit auf ihr Bett. Tränen stiegen ihr in die Augen. Wütend stampfte sie mit dem Fuß auf den Boden. Sie nahm die Arbeit vom Bett auf und legte sie auf den Tisch:
„Das musst du dir nicht auch noch angucken, Flori. Reicht, wenn ich das heulende Elend habe!"
Aber der Teddy, dessen braune Nase unter der Bettdecke herausguckte, sagte nichts.
„Was mache ich nun? Ich brauche doch eine Eins, damit die mich übernehmen. Lernen? Eigentlich habe ich keine Zeit dazu. Mit dem alten Bock flirten? Sieht aus, als sei der empfänglich dafür. Aber du hast damit keine Probleme. Gut, dass du dir das alles anhörst."
Schluchzend warf sich die junge Frau auf das Bett und nahm ihren Vertrauten in den Arm. Ihr Atem wurde ruhiger, und sie nickte ein.

„Aufstehen, Sofie. Es gibt Abendbrot."
Sofie hatte nicht bemerkt, dass ihre Zimmergenossin gekommen war. Sie saß am Tisch und hatte die verkorkste Arbeit vor sich.
„Na, da hast du dich aber wirklich nicht mit Ruhm bekleckert. Aber er hat auch streng zensiert. Hat er was gegen dich?"
„Weiß nicht. Glaube ich nicht. Hätte wohl eher gerne etwas mit mir."
Sofie konnte wieder lächeln.
„Nein, essen möchte ich nicht. Bringst du mir ein Stück

Brot mit für nachher? Ich gehe jetzt erst einmal laufen, dass die Wut verdampft."

„Um den See?"

„Nee, da war ich gestern. Zu matschig nach dem Regen. Da könnte die Gemeinde auch mal wieder was machen. Ein bisschen Kies würde Wunder wirken. Will doch Erholungsort sein, das Kaff!"

Damit sprang Sofie von dem Bett auf, gab dem Teddy einen Nasenstüber und zog sich um. Im eng anliegenden schwarzen Laufanzug mit leuchtend grünen Schuhen verließ sie die Verwaltungsakademie durch den Haupteingang. Mit einigen Schritten über den Rasen war sie bei der dort stehenden wannenartigen Skulptur, setzte einen Fuß nach dem anderen auf den Rand des Kunstwerkes und schnürte die Schuhe fest. Dabei hörte sie die Eingangstür aufgehen. In Erwartung eines Kommentars wandte sie den Kopf und blickte in die Augen ihres Verwaltungsrechtslehrers. Die beiden Männer sagten kein Wort, als sie an ihr vorbeigingen. Sofie nestelte noch an ihren Schuhen herum, bis die Männer um die Gebäudeecke zum Parkplatz verschwunden waren. Dann sprang sie auf und lief die Auffahrt hinunter zur Heintzestraße.

Die Wagen der beiden Dozenten standen nebeneinander auf dem Personalparkplatz. Während er die Autotür öffnete, sagte der eine:

„Heißer Käfer da eben, kennst du sie?"

„Mmh, ja. Sofie. Will Bademeisterin werden. Macht bei mir ‚Verwaltungsrecht', murmelte der andere und stieg in seinen Wagen.

Sofie lief die Heintzestraße entlang, überquerte die Ampel und folgte der Holstenstraße bis zum Moorweg. Es begann zu dämmern und einige Autos fuhren bereits mit Licht.
„Warum fährt der so langsam hinter mir her?"
Sofie blickte sich nicht um. Sie bog in den Moorweg ein, und das Auto fuhr geradeaus weiter. Ein Bordesholmer Mitschüler hatte ihr diesen Rundweg gezeigt. Sie bog vom Moorweg in die Straße Siebenbergen ein, würde dann die Steigung durch das Wohngebiet nehmen und über den Veranstaltungsplatz in die Alte Landstraße kommen, die dann direkt zur Verwaltungsakademie führte.

Kam da auf dem Moorweg, kurz bevor sie nach Siebenbergen einbog, nicht schon wieder ein sehr langsam fahrendes Auto ihr entgegen? Als suchte der Fahrer etwas.
Der Veranstaltungsplatz war unbeleuchtet. Sofie befiel Unbehagen. Aber als sie die befahrene Kieler Straße zwischen einigen Autos überquerte, verflüchtigte sich das Gefühl.
„Jetzt noch einen Kilometer und dann unter die Dusche", freute sich die junge Frau.

Die Alte Landstraße ist eine unechte Einbahnstraße. Die Einfahrt von der Kieler Straße ist verboten. Anliegern wie den Brieftaubenzüchtern, die dort ihr Heim haben, ist die Fahrt entgegen der Einbahnstraßenrichtung jedoch erlaubt. Zwischen dem Taubenzüchterheim und der Schwalbensiedlung wird die Alte Landstraße zu einem von auf beiden Seiten hoch aufwachsenden Knicks gerahmten Redder. Die Lichtkegel der Straßenlaternen erreichen einander nicht.

Sofie hatte das Fahrzeug nicht bemerkt, das ganz leise von hinten an sie herangerollt war. Plötzlich gab der Fahrer Gas, so dass der große Wagen mit aufheulendem Motor an der Joggerin vorbeiflog. Sofie erschrak zu Tode; mit weichen Knien lief sie weiter.

„So ein Idiot", dachte sie und steigerte das Tempo. Da kam ihr ein Auto entgegen. Ängstlich lief Sofie vom Asphalt herunter und auf dem Knickfuß weiter. Als der Wagen einige Meter vor ihr war, flammten seine Scheinwerfer auf. Sofie hörte das Heulen des Motors.

„Der hört sich an wie der vorhin", schoss es ihr durch den Kopf. Dann gab es einen dumpfen Aufprall. Um Sofie war schwarze Nacht.

1.

„Sie werden von unseren Bewohnern geachtet und geschätzt. Wir würden Sie gern weiter beschäftigen und bieten Ihnen ein Seminar in der Verwaltungsakademie Bordesholm als Zusatzqualifikation für schwierige berufliche Situationen an. Die Kosten trägt unsere Einrichtung.
Hätten Sie Interesse daran?"
Isabella Venga war hocherfreut über das Angebot ihres Chefs, dem Leiter des Altenpflegezentrums Großenbrode. Er hatte nichts anderes erwartet, als er sie für dieses Gespräch beiseite nahm. Das Seminar nannte sich Anti-Gewalt-Training. Zielgruppe waren Beschäftigte aller Berufsgruppen, die im beruflichen Umfeld mit Altenpflege, Forensik und Demenz in Einrichtungen für Menschen mit Behinderungen zu tun haben, um schwierige Situationen deeskalieren zu können.
Bella, das war ihr Rufname, recherchierte sofort im Internet und sah sich den Ort Bordesholm mit seinem kulturellen Angebot – den Veranstaltungen in der Klosterkirche, dem Savoy und nicht zuletzt mit der Bordesholmer Edition an. Die Bordesholm-Krimis waren nur ein Teil einer Reihe von literarischen Werken, die in den letzten Jahren von sich reden machten. Natürlich interessierte Bella auch die Homepage der Akademie, in der sie das Seminar machen würde.

Am Tag der Anreise steuerte Bella ihren kleinen Fiat-Cinquecento pünktlich und sicher auf den Parkplatz direkt hinter der Verwaltungsakademie.
Als sie die große, freundliche, lichtdurchflutete Eingangshalle betrat, sah sie sich zuerst um. Ein paar Grüppchen Jugendlicher standen verteilt im Raum. Herren so um die 30 und auch Damen in diesem Alter kamen und gingen an diesen Gruppen vorbei. In den Händen trugen sie Collage-Taschen oder Laptops. Nachdem Bella das Treiben eine Weile beobachtet hatte, ging sie zur Rezeption und erledigte die Anmeldeformalitäten. Sie erfuhr die Nummer ihres Zimmers im Internat, in dem sie für die Zeit des Lehrganges Quartier beziehen sollte.

Unsicher, wohin sie gehen sollte, fragte sie einen der Jugendlichen:
„Gehört ihr auch zur Gruppe 'Gewalttraining'?"
„Nein, wir sind Verwaltungs-Azubis und gehören zum Seminar 13371", sagte er, musterte Bella von oben bis unten. „Gewalttraining, wozu das denn? Wirst du Polizistin oder so was?"
Bella schüttelte den Kopf und lachte. Sie ging weiter zur nächsten Gruppe. Da erklang ein lauter Gong. Die einzelnen Seminare wurden aufgerufen.

„Seminar 74001, 'Anti-Gewalt-Training', findet im Seminarraum 131 statt."
Bella ging auf das Informationsschild im Foyer zu und suchte auf der Anzeigetafel den Raum 131.

Aufgeregt und gespannt auf die anderen Teilnehmer nahm sie ihren Trolley und stellte sich ans Ende des Dreisitzersofas. Fünf männliche und vier weibliche Teilnehmer erschienen. Bella stellte fest, dass sie wohl die jüngste der Seminarteilnehmer zu sein schien. Ein lockig ergrauter circa endvierziger Sportsmann kam zu ihnen.

„Mein Name ist Gerhard Steffen, ich bin Leiter des Seminars und begrüße Sie hier in Bordesholm. Wir treffen uns in einer Stunde hier in unserem Seminarraum wieder. Denjenigen, die sich hier eingemietet haben, zeige ich erst einmal ihre Zimmer. Bitte, kommen Sie mit in den Internatstrakt. Wir sind ziemlich ausgebucht und müssen auch die Zweibettzimmer mit nutzen."

Bella bemerkte, dass sich die vier weiblichen Teilnehmer ihrer Gruppe anscheinend bereits kannten. Sie startete einen Versuch.

„Hi. Ich bin Bella Venga und komme aus Fehmarnsund. Ich mache im Juni mein Diplom zur Altenpflegerin. Und ihr? Woher kommt ihr?"

„Ich bin Sonja, komme aus Elmshorn und arbeite zurzeit für die Jugendhilfeeinrichtung 'Rosengarten' an der Sonderschule Elmshorn.... wir alle vier, das heißt Helga, Kirsten, Jutta und ich kennen uns vom Berufsschulunterricht."

Nach dem Rundgang verteilten sich die Mädchen auf die Zimmer. Von den Vieren wohnten je zwei von ihnen

zusammen. Helga und Kirsten in 27 im ersten Stock, Sonja und Jutta in 43, ebenfalls im ersten Stock des alten Traktes.
Für Bella war Zimmer Nr. 44 vorgesehen. Noch kannte sie ihre Mitbewohnerin nicht. Gerhard Steffen gab ihr mit auf den Weg:
„Frau Venga, Ihre neue Zimmergenossin heißt Sofie Grödner, eine sympathische junge Frau. Sie belegt das Seminar 'Vorbereitungslehrgang zur geprüften Meisterin für Bäderbetriebe'."
„Ich lasse Sie dann alleine", wandte er sich danach an die Gruppe der Neuankömmlinge. „Kommen Sie erst mal an. Wenn Sie noch Fragen haben, dürfen Sie sich gerne bei mir melden oder im Sekretariat."
Bella nickte ihm zu und begab sich auf die Zimmersuche. Die Rollen ihres Trolleys hallten in dem verwaisten Gang. An der Tür mit den goldfarbenen Ziffern 44 stoppte sie und lauschte. Sie klopfte einmal und wartete. Es rührte sich nichts. Sie klopfte erneut, dieses Mal lauter. Ohne länger auf eine Einladung zu hoffen, drückte sie die Klinke herunter. Die Tür war unverschlossen und sie trat ein. Zögerlich rief sie:
„Hallo? Hallooo! Keiner da?"
Bella war allein. Auf dem Bett ihrer Mitbewohnerin türmten sich mehrere Schachteln, auf dem Boden lagen Zeitschriften und Bücher. Am Bettende, wie drapiert, Schals, bunte Ketten und Gürtel. Den kleinen Duschraum mit Waschbecken und Toilette hatte Sofie Grödner voll in Beschlag genommen. Schminksachen der verschiedensten Art lagen überall herum. Offenbar

rechnete ihre Mitbewohnerin nicht damit, dass jemand mit ihr das Zimmer teilen sollte.

2.

„Oh mein Gott! Na das kann ja heiter werden."
Bella stellte ihren Trolley ab, ohne den Blick von dem Chaos zu wenden. Ein mulmiges Gefühl beschlich sie. Hier sollte sie die nächste Zeit bleiben?
„Hi!"
Sofie stürmte ins Zimmer und griff zu ihrer Jacke. Sie stockte und sah Bella fragend an.
„Hast du dich verlaufen? Oh, das kenn ich!", sagte sie schmunzelnd.
Bella schüttelte den Kopf. Sofies Blick fiel auf den schwarzen Trolley und ihr Lachen verflog.
„He, was soll das? Sag nicht, dass du hier mit einziehen willst! Sorry, aber...nee, das hier ist mein Zimmer!"
Bella zuckte mit den Schultern und sagte:
„Das weiß ich nicht. Mir hat man nur gesagt, dass hier im Hause nichts anderes frei wäre und ich mich hier melden soll." Weiter kam sie nicht.
„Na, das wollen wir doch erst mal sehen!"
Sofie schnaubte und rannte hinaus.
Unschlüssig hob Bella ein T-Shirt vom Boden auf und zuckte zusammen. Sofie stand im Türrahmen und motzte:
„Finger weg von meinen Sachen!"

Am liebsten wäre Bella auf der Stelle wieder abgereist, aber sie hatte keine Wahl. Sie musste bleiben, schließlich hatte sie der Weiterbildung zugesagt. Sie war flexibel genug, sich mit einer weiteren Person ein Zimmer zu teilen. Aber so hatte sie es sich nicht vorgestellt.

Durch die verschlossene Tür des Sekretariats hörte man Sofies aufgebrachte Stimme.

Ohne Erfolg kam sie mit hochrotem Kopf wieder heraus und konnte sich gerade noch beherrschen, die Tür nicht hinter sich ins Schloss zu knallen. Die Worte, die man ihr mit auf den Weg gab, waren klar und deutlich:

„Keiner zwingt Sie, den Kursus frühzeitig abzubrechen, aber Sie sind auch nur ein Gast des Hauses und müssen sich entsprechend benehmen."

Ja, ja. Das wusste sie selber. Die sportliche Blondine verließ das Gebäude der Akademie und lief los. Schneller als sonst. Wie gut, dass sie sowieso gerade joggen gehen wollte und bereits passend angezogen war.

Unterdessen hatte Bella sich eingerichtet und die Anweisung ihrer Zimmergenossin ignoriert. Sie konnte gar nicht anders. In diesem Chaos fühlte sie sich nicht wohl und die Stimmung hing eh schon auf dem Tiefpunkt. Da kam es auf einen mehr oder weniger unnötigen Spruch auch nicht mehr an.

Schneller als sonst kehrte Sofie zurück. Völlig verausgabt betrat sie das Zimmer, sah sich um und traute

ihren Augen nicht. Ihre Sachen lagen fein säuberlich zusammengelegt auf dem Stuhl. Daneben zierte neue Bettwäsche in einem kräftigen knalligen Pinkton das bisher noch ungenutzte Bett. Auf dem Schreibtisch hatten Füller, Kugelschreiber und Block ihren Platz gefunden.
Sofie nahm ein Handtuch aus dem Bad, wischte sich den Schweiß von der Stirn und warf sich aufs Bett. Der Zettel und die Schachtel, die auf ihrem Kopfkissen lagen, flogen ihr entgegen.
Nanu? Sie nahm die Schachtel an sich, öffnete sie und stopfte sich zwei der Milka-Schokoladenherzen in den Mund.
Dann griff sie zu dem Zettel und las das mit großen Buchstaben Geschriebene vor.
´Liebe Mitbewohnerin. Ich versuche es einfach nochmal von vorne. Mein Name ist Bella, mein Lehrgang dauert zwei Wochen und ich wünsche mir nichts weiter als eine tolle, gemeinsame Zeit!´
„Bella heißt du also, O.K.!", sagte sie zu sich. Na dann auf eine tolle gemeinsame Zeit!"
„Ja, warum eigentlich nicht!"
Sofie steckte sich noch ein Stück in den Mund und ließ es sich auf der Zunge zergehen.
Hm, sie liebte diese Schokolade.

Um sich von dem verunglückten Zusammentreffen abzulenken, hatte sich das Mädchen aus Fehmarn auf den Weg gemacht, die Akademie zu erkunden. Nachdem sie sich einen Cappuccino in der Cafeteria gegönnt hatte, stand sie vor der Tür ihrer neuen Unterkunft und hoffte auf eine bessere Stimmung. Vorsichtig drückte sie die Klinke nach unten, öffnete die Tür und steckte den Kopf durch den Spalt. Das Zimmer war leer. Aus dem Bad drangen Geräusche. Das Rauschen des Wassers kam eindeutig aus der Dusche. Bella trat ein und entdeckte die Schachtel mit der Schokolade. Die Hälfte der ‚Glücklich- Macher' fehlte.

Es war schon weit nach Mitternacht, als die Mädchen das Licht löschten. Sie hatten sich angenähert. Also doch noch ein guter Anfang.
Die Beiden konnten ähnlicher nicht sein: blond, zierlich, Pferdeschwanz.

Die Tage vergingen und Sofie half Bella sich zurechtzufinden. Die aufs Neue festgestellten Gemeinsamkeiten ließen das Gefühl aufkommen, sie würden sich schon ewig kennen. Sie tauschten sich aus und erzählten sich Sachen, die man eigentlich nur einigen wenigen anvertraute. Doch manchmal redete es sich leichter, wenn man das Leben, so wie langjährige Freunde es begleiten, nicht in den Vordergrund stellt. Die beiden Mädchen waren sich einig, dass ihr Bauchgefühl sie nicht täuschte. Sie vertrauten sich.

Das Wochenende stand vor der Tür. Bella und Sofie hatten sich vorgenommen, die Blacklightparty im ‚Far Out' an der B4 in Grevenkrug zu besuchen. Sie wühlten in ihren Schränken, und auf dem Bett

wuchs der Berg mit den in Frage kommenden Kleidungsstücken.
Sie kringelten sich vor Lachen und die gute Stimmung kam dem Höhepunkt nahe. Nachdem sie das passende Outfit angezogen hatten, zogen sie los. Das bestellte Taxi wartete schon.
Die Schlange vor dem Eingang des Clubs war überschaubar und tat der guten Laune keinen Abbruch. Kaum, dass die Mädchen die ersten Bässe hörten, wippten sie hin und her. Ausgelassen riss Sofie die Arme nach oben, ließ die Hüften kreisen und rief:
„Platz da, wir kommen!"
Sie sah zu ihrer neuen Freundin und lachte. Bella lachte zurück und rief:
„Ja, wir wollen alles. Feiern, tanzen und...?"
„Jungs natürlich!", schrien die Beiden und brachen in Gelächter aus.

Der Abend hatte so vielversprechend angefangen.
Sofie saß auf ihrem Bett und zitterte. Bella drückte sie fest an sich und tröstete sie.
Noch wusste Bella nicht genau, was alles passiert war. Dabei hatten sie sich doch nur kurz getrennt. Sofie wollte vor die Tür, um eine Zigarette zu rauchen. Bella verschwand noch schnell auf die Damentoilette. Danach konnte sie Sofie zuerst nicht finden.
Sie lief umher, fragte andere Gäste, die dort standen, und ging letztendlich um das Haus. Auf dem Boden an der Ecke hockte Sofie wie ein Häufchen Elend, ihre Hände schützend über den Kopf gehalten, und weinte.

Ohne weiter zu fragen, hob Bella sie auf, ging zum nächsten Taxi und fuhr mit ihr zurück zur Akademie. Unterwegs versuchte Sofie ihr zu erklären, was passiert war. Doch so viel Mühe sich das Mädchen auch gab, brach es immer wieder in Schluchzen aus. Die Wortfetzen waren wie Puzzleteile, die Bella nur mühsam zusammenfügen konnte. Es kam heraus, dass ein junger Mann Sofie aufgelauert hatte, gewaltsam festgehalten und an die Wand gedrückt hatte. Er war ganz nahe an sie heran gekommen, hatte ihr Liebesschwüre ins Ohr geflüstert und erst von ihr abgelassen, als er von jemandem angesprochen wurde, der ihn zu kennen schien. Welch ein Glück. Wer weiß, was noch passiert wäre. Da stand auch schon Bella vor ihr.

Langsam beruhigte sich die sonst so taffe Sofie. Sie schlief in den Armen ihrer liebgewonnen Freundin ein, die ihr immer noch über die blonden Haare strich. Bella war hellwach und versuchte, in dem, was sie gehört hatte, einen Zusammenhang zu finden. Was war das für ein Kerl? Einer von den Typen, mit denen sie am Tresen geflirtet hatten? Nein. Sie war sich sicher, dass sie es mitbekommen hätte, wenn ihnen eine Person gefolgt wäre.
Bella kam ein Verdacht: Und wenn es Mark war? Sofies Ex. Der Türsteher von der Bergstraße? Der, der sie immer und immer wieder belästigte. Sofie hatte von ihm erzählt. Ihm sogar eine Seite in ihrem Tagebuch gewidmet.

Bella sah auf die rot gefärbten Handgelenke ihrer Mitbewohnerin und fragte sich: Wie viel Kraft benötigte man, um so etwas zu hinterlassen. Wenn ‚Mann' jedoch so kräftig gebaut war wie Mark, brauchte es wohl nicht viel. Ja, aber warum hatte Sofie nichts gesagt. Sie nannte keinen Namen. Bella musste zugeben, dass alles Grübeln sie nicht weiterbrachte. Sie müsste warten, bis es ihrer Freundin besser ging. Die ersten Vögel sangen bereits ihr Morgenlied, als Bella die Augen zufielen und sie einschlief.

3.

Kai Stölting und seine Seminarfreunde aus Norderstedt und Umgebung hatten noch nicht einmal ihren Rausch und seine Nachwehen ablegen können, als das große Fest der Bestenehrung des letzten Jahrgangs am nächsten Morgen um 10.00 Uhr feierlich eröffnet wurde.
Erst vor drei Tagen in die Verwaltungsakademie in Bordesholm zum Seminar 13500 'Verwaltungsrecht' eingecheckt, hatten sie den Vorabend genutzt, die Lokalitäten von Bordesholm kennenzulernen.
Sie waren enttäuscht wieder zurückgekommen. Nirgends eine passende Party. Nach einem längeren Fußmarsch am See entlang hatten sie sich für einen kleinen Abstecher in die hauseigene Bar „Alter Haidkrug" im Keller entschieden.

„Mann, ist das hier gemütlich. Und wir laufen in der Gegend umher!"
Kai und seine Kollegen staunten nicht schlecht. Alte Fotografien und einige altmodische Einrichtungsgegenstände aus längst vergangener Zeit zeigten den Alten Haidkrug, wie er einmal ausgesehen hatte. Sie erkannten ihren Referenten Claus Müller am Tresen, der ihnen zuwinkte.

„Setzt euch zu mir! Wenn ihr wollt, kann ich euch etwas über diese alte Gaststätte, die letztendlich den Grundstein für die heutige Verwaltungsakademie bedeutet, erzählen. Schließlich arbeite ich im Landesarchiv."

„Erst einmal ein Bier für uns und unseren Referenten und dann kann es losgehen", rief Jochen, Angestellter der Verwaltung der Stadt Norderstedt. Viel wussten sie nicht über das Haus, kein Interesse an der Geschichte von Bordesholm und seiner Verwaltungsschule. Nach drei Tagen anstrengendem Seminar zur Vermittlung von Kenntnissen und Techniken in der behördlichen Schriftgutverwaltung gönnten sie sich eine Pause.

„Hier", begann er, „das Foto stammt aus der Zeit um 1930. Im 17. Jahrhundert war der Alte Haidkrug die einzige Gaststätte in Bordesholm und besaß die alleinige Konzession. Erst um 1840 änderte sich das durch den Mitbegründer der Bordesholmer Sparkasse. 1946 wurde das Haus von der Sparkasse und dem dazugehörenden Schulverein an die schleswig-holsteinische Verwaltungsschule übergeben. 1985 bezog die Sparkassenschule ihr neues Haus in Kiel-

Mettenhof. Die Gebäude um den Haidkrug sind mehrfach erweitert worden. 1991 begann der Neubau auf fast 9.000 qm. 19 Lehrsäle und Prüfungsräume, 148 Doppel- und 40 Einzelzimmer stehen zur Aus- und Weiterbildung jetzt zur Verfügung."
Das langersehnte Bier stand bereit. Claus Müller merkte: Das war jetzt wichtiger, als längst Vergangenes zu erzählen. Der Landesarchivar schloss seine Ausführungen mit „Und jetzt Prost!"

Morgen früh würden die Auszuzeichnenden durch ihre Ausbilder Ehrenurkunden erhalten und einige Ehrengäste Grußworte entrichten.

Geehrt werden sollten insgesamt 108 Nachwuchskräfte der Ausbildungsberufe der verschiedensten Fachgebiete sowie einige nebenamtliche Dozenten und Prüfungsausschussmitglieder.

Alle Seminarteilnehmer waren darüber rechtzeitig in Kenntnis gesetzt worden.

Claus Müller erinnerte kurz an diesen Termin, als er sich aus der Bar verabschiedete.

Kai Stölting und seine Freunde hörten das nicht mehr, denn drei junge Mädchen betraten den Raum und gesellten sich sofort an deren Tisch. Die Party nahm ein feucht-fröhliches Ende, als sie gegen Mitternacht auf ihre Zimmer torkelten.

Eigentlich hätten sie schon am gestrigen Abend nach Hause fahren können, aber das hatten sie ja nun verpasst. Von flotter Marschmusik des Marine-Musik-

Corps Kiel aufgeweckt, waren sie am nächsten Morgen natürlich ohne Frühstück neugierig auf diese wichtige Veranstaltung. Sie sahen, alle Sitzplätze des großen Saals waren mit Gästen besetzt, und so entschieden sie sich, auf der Empore stehen zu bleiben. Kai und seine Clique rissen Witze über die Marinesoldaten und ihre Musik, versuchten laut mitzusingen. Böse Blicke von unten, besonders aus den Reihen der Referenten, brachten Ruhe. Die Feier begann mit 20 Minuten Verspätung.

Die Begrüßungsreden begannen langatmig und langweilig. Erst der Bürgermeister der Gemeinde Bordesholm mit seiner kurzen knackigen Einführung über die Geschichte Bordesholms und die enge Bindung der Gemeinde zu diesem Haus auch als Arbeitgeber und Gastgeber vieler Veranstaltungen ließ die Zuhörer wach werden. Er beendete seine kurze Begrüßung mit dem Satz:

„Genießen Sie die heitere, ruhige Bordesholmer Umgebung. Wir als Gemeinde wünschen auch dieses Jahr, dass sich die Verwaltungsakademie bei uns wohlfühlt – und wollen das, was wir dazu tun können, gerne weiter tun!"

„So haben wir noch einiges in der nächsten Woche vor in Bordesholm und Umgebung. Oder was sagt ihr dazu?", lachte Kai und freute sich mit seinen Vorabendkollegen aus der Bar auf das reichhaltige Buffet.

4.

Er hätte gewarnt sein können! Mit der BILD und einem ordentlichen Schlag Gulasch hatte sich der Bürgermeister in eine Ecke gesetzt. Einen Moment wollte er seine Ruhe, hatte keine Lust auf Smalltalk mit den Kollegen. Besonders die hauptamtlich an der Akademie angestellten Lehrkräfte fühlten sich ihm als ehrenamtlichem Dozenten offenbar zu stetiger Aufmunterung verpflichtet. In seinem Rücken nahm eine Gruppe junger Lehrgangsteilnehmer an einem langen Tisch Platz. Der Bürgermeister entfaltete seine Zeitung, als einer der Männer hinter ihm mit erhobener Stimme die Lufthoheit über das Geschnatter der anderen errang: „In meiner letzten Ausbildungsstation habe ich es denen aber gezeigt!", erfuhr der unfreiwillige Zuhörer. „Das war in der Registratur. Im Tiefparterre des Kreishauses. Gleitzeit von 7.00 bis 16.00 Uhr. Aber was machten die zwei Herren und eine Dame? Stempelten um 7.00 Uhr ein und frühstückten dann ganz gemütlich. Mit Bildzeitung und allem. Mir stank das und ich fing einfach an, Akten anzulegen und abzulegen. Natürlich habe ich ein wenig provoziert, bis es dem Gruppenleiter wohl zu viel wurde. Er meinte, ich solle mich still verhalten oder erst um 8.00 Uhr kommen."
Eine Frauenstimme fragte ängstlich-neugierig dazwischen:
„Und was hast du dann gemacht?"
„Das haben wir zwei Tage später gemerkt. Da stand plötzlich der Verwaltungsdirektor um viertel nach

sieben in der Registratur. Ohne anzuklopfen. Das gab ein Donnerwetter. Seitdem ist Schluss mit dem Frühstücken in der Registratur."

„Wie behandelten dich die Kollegen denn danach? Haben sie dich gemobbt?"

„Ach wo. Mit Respekt behandelt. Ich habe ihnen erzählt, dass ich den Sekretärslehrgang möglichst gut abschließen will, um dann sofort in den gehobenen Dienst aufzusteigen. Habe auch eine gute Beurteilung in der Registratur gekriegt."

„Und drei Kreuze hinterher, als du weg warst", murmelte eine männliche Stimme.

‚Das glaube ich auch', dachte der Bürgermeister, während er seinen Nachtisch verzehrte.

Der junge Beamtenanwärter, vor dem die Registratoren in der Kreisverwaltung gezittert hatten, saß im Kurs des Bürgermeisters gleich vorne links am ersten der zur U-Form zusammengestellten Tische. Er führte in dem Lehrgang das Wort, war Lehrgangssprecher und hieß Lukas Wutig. Gutmütig und an langer Leine zelebrierte der Bürgermeister seinen Unterricht. Bei ihm konnte, wer wollte, viel lernen.

Aber er griff nicht immer sofort ein, wenn jemand abgelenkt oder mit anderem beschäftigt war. Er wusste um die Wertigkeit seines Faches. „Publikumsorientiertes Verhalten" gehörte zu den weichen Fächern. Pauken mussten die Lehrgangsteilnehmer genug: Verwaltungsrecht und Haushaltswesen, Kommunalrecht, BGB und so weiter. So unterhielt sich der

Bürgermeister gelegentlich mit Lukas Wutig und einigen anderen allein über die Erfordernis, Verwaltungen offener und kundenorientierter zu gestalten, während der Rest die Zuschauerrolle einnahm. Aber die Großzügigkeit zahlte sich nicht aus.

Er möge sich bei der Studienleitung zu einem Gespräch anmelden und zu dem beigefügten Brief Stellung nehmen, hieß es in dem Schreiben, das ihm ohne Vorwarnung ins Haus flatterte. In Sorge um ihren Abschluss meldeten sich die Teilnehmer des Lehrganges. In der Diktion von Wutig listeten sie Vergehen des Dozenten auf. Einmal habe er zu früh den Unterricht abgebrochen, weil er mit seinem Hund spazieren gehen wollte, hieß es da. Der Bürgermeister erinnerte sich genau an die Situation. In Gruppen hatten die Schüler Rollenspiele vorgeführt. Fünfzehn Minuten vor Stundenende waren alle durch, die Luft raus.

„Sie haben bestimmt viel zu tun vor der Prüfung. Also Schluss für heute", hatte er gesagt und dankbar hatten alle genickt.

Er sei häufig verspätet gekommen, hieß es weiter, und sein Unterricht entspräche bestenfalls Realschulniveau.

Alle hatten den Wisch unterschrieben. Alle. Was ihn am meisten traf: Niemand hatte vorher ein Wort mit ihm gesprochen. Niemand.

„Wenn die ihre Ziele man alle erreichen", dachte der Bürgermeister, als er sich auf den Weg zu dem im zweiten Stock des Verwaltungsgebäudes liegenden

Dienstzimmer des Studienleiters machte. Nein, er wollte sich nicht verteidigen. Er wusste, seine Arbeit als ehrenamtlicher Dozent würde jetzt enden.

Zum Mittagessen ging er in die Mensa. Man hatte ihn gebeten, die beiden Lehrgänge, für die er eingeplant war, noch durchzuziehen. Er hatte schmallippig eingewilligt, gemurmelt, dass er nicht gewillt sei, sein pädagogisches Konzept noch zu ändern. Heute setzte er sich an den Handwerkertisch. Einige örtliche Handwerker und Mitarbeiter von Betrieben nahmen das Angebot des Kantinenpächters an, hier ein appetitliches und preisgünstiges Mittagessen einzunehmen.

„Was machst du denn für ein Gesicht. Wie sieben Tage Regenwetter. Was ist los?", klang es ihm von dem Tisch entgegen.

„Nichts weiter. Bin gerade gekündigt worden. Oder habe ich in den Sack gehauen? Weiß nicht", lachte der Bürgermeister, ließ sich eine Portion Schweinebraten auffüllen und fühlte sich wieder wohl.

„Hier willst du nicht mehr her? Guck dich doch mal um!", strahlte ein schmächtiger Friseurmeister, „soo viel Weiblichkeit!"

Die anderen am Tisch feixten.

„Ja, unser Jochen Boltz kommt nicht nur her, um das Fleisch auf seinem Teller zu beschauen", sagte ein Malermeister, während er den wogenden Rundungen nachblickte, die auf der Treppe nach oben entschwanden.

Der Bürgermeister lachte:

„Habt ihr nichts anderes zu besprechen?", fragte er. Hier in diesem Kreis fühlte er sich wohl.
„Natürlich. Wann kommt endlich die Ausschreibung für das neue Schulgebäude?", wollte der Maurermeister wissen.

5.

„Was ist los?"
„Man redet mal wieder über dich."
„Gut oder schlecht?"
„Hat man schon mal gut über dich geredet?"
„Also schlecht?"
„Dass du es diesmal mit einer minderjährigen Blondine treibst."
„Minderjährig? Das wäre in der Tat schlecht. Dumm zumindest."
„Jedenfalls blond, langhaarig und blutjung."
„Und mit der treibe ich es also, wie du dich ausdrückst? Was bin ich doch für ein Glückspilz!"
„Und das öffentlich und ungeniert. Als gäbe es mich überhaupt nicht."
„Sagt man das?"
„Geküsst habt ihr euch sogar."
„Dann hab ich sie wohl für Dich gehalten, mein Schatz. So wie jetzt."
Er stand auf, nahm sie in den Arm und machte Anstalten, seine Frau zu küssen.

„Geh weg, du hast schon wieder eine Fahne!"
„Könntest du wohl kaum merken in deinem Zustand."
„Und ob ich das kann!"
Dr. Ingwer Schlitz zeigte mit einem Arm auf eine geöffnete Likörflasche auf dem Couchtisch.
„War die nicht gestern noch voll? Lass mal probieren!"
Er zog seine Frau fest an sich und als sie zu seiner Überraschung keinen Widerstand leistete, küsste er sie auf den Mund.
„Etwas klebrig. Cointreau?"
„Möchtest Du auch?"
„Warum nicht?"
Er holte zwei Gläser, setze sich, zog seine Frau zu sich auf die Couch und nahm sie in den Arm.
„Klar, ich hab mich mit ihr getroffen."
„Mit wem?"
„Mit dem minderjährigen Nymphchen, wie deine Freundinnen es wohl beschrieben haben werden. In Wahrheit ist es aber eine Seminaristin. Sofie Grödner. Sie ist in meinem Kurs und schreibt an einem Referat. Dazu hatte sie noch Fragen, und wir haben uns bei ‚Rollos Friends' getroffen."
„Und geküsst."
„Klar, ganz öffentlich, damit es alle sehen, dass ich mich von dir trennen will."
Wie elektrisiert riss sie sich los und sprang auf.
„Verschwinde und geh von mir aus zu deinem blonden Gift, wenn du sie findest. Wirst sehen, was du an ihr hast."
„Wo finde ich sie denn? Seit dem Abend ist sie ver-

schwunden."
„Verschwunden?"
„Verschwunden."
„Ist wohl gleich danach ins Wasser gegangen, so wie die vor ein paar Jahren."
„Warum sollte sie?"
„Schock. Du hast sie enttäuscht. Kann ich gut verstehen. Ist sie schwanger?"
„Bin ich ihr Gynäkologe? – Schade eigentlich. Nicht auszudenken, deine Eifersucht, wenn ich Gynäkologe wäre."
„Du immer mit deinen schmutzigen Gedanken!"
Er stand auf, ging nach nebenan in sein Arbeitszimmer und kam mit einer neuen Flasche Liqueur zurück, die er dort versteckt hatte. Er stellte sie neben die andere und machte eine einladende Geste.
„In diesem Sinne. Same procedure as usual. Wirst sicher schon tief und fest schlafen, wenn ich wiederkomme, und weder bemerken, falls ich Lust dazu habe und es mit dir treibe, noch reklamieren, wenn nicht."
Dr. Schlitz verließ das Zimmer, nahm sich in der Garderobe im Vorbeigehen einen leichten Sommermantel und verließ das Haus.

6.

Sofie wachte auf. Ihr Kopf brannte und ihr Körper schmerzte. Sie konnte sich nicht bewegen. Ein Zittern durchfuhr sie. Sie wusste nicht, ob es an dem kalten

Fußboden lag, auf dem man sie abgelegt hatte, oder an ihrer Angst.

Fetzen der Erinnerung tauchten vor ihr auf. Das Auto, das sie blendete, der dumpfe Aufprall, das Knacken ihres gebrochenen Beckens, der Schmerz an ihrem Hinterkopf, als sie auf dem Boden aufschlug und Dunkelheit sie umgab.

An mehr konnte sie sich nicht erinnern. Ihr Wimmern und Weinen hörte keiner.

Sofie öffnete die tränengefüllten Augen. Die spärliche Beleuchtung, die durch die geöffnete Tür von draußen hereinschien, gab den Raum nur schemenhaft preis. Sie sah einen Tisch und Stühle, die in einer störenden Unordnung zusammengestellt waren. Jemand hatte Platz geschaffen.

Für sie?

Durch die kleinen Fenster, ohne Behang, sah sie ins Dunkle. Wo war sie? Nie zuvor hatte sie so einen Raum betreten. Ein vorbeifahrendes Auto blendete auf. Für einen kurzen Moment erleuchtete es den Bereich und Sofie wusste wo sie war. Ihre Falle, in der sie lag, war ein Bauwagen.

Unter Schmerzen drehte sie den Kopf zur Tür hin. Sie wollte rufen, schreien, auf sich aufmerksam machen. Jemanden mit ihrem Hilfeschrei erreichen, vielleicht jemanden, der mit seinem Hund eine nächtliche Runde drehte. Plötzlich hörte sie Geräusche, ein Keuchen und Schritte, die auf Blechstufen traten. Sie spürte die Bewegungen im Fußboden, der unmerklich nachgab. Dann verdunkelte sich der Raum. Ein breiter Schatten

stand in der Tür. Ihr tonloser Schrei verstummte. Sie spürte den Blick der fremden Person auf sich ruhen. Lauernd wie eine Katze, die nur darauf wartete, endlich zum Sprung anzusetzen. Sie wusste: Wer immer es auch war, dieser Typ würde ihr nicht helfen. Ein Zittern überfiel den schmerzgeschunden Körper. Ihre Stimme krächzte kaum hörbar:
„Warum ich?"
Doch eine Antwort bekam sie nicht. Die Gestalt näherte sich, setzte sich auf sie, mit den Beinen auf ihre Arme und hielt ihr den Mund zu. Sie sah ihn an. In ihren weit aufgerissenen Augen lag die pure Angst. Sie sah in ein Gesicht, dessen Grinsen sich zu einer Fratze verzog. Ihr Atem ging stoßweise, sie bekam kaum Luft. Der Druck auf ihren Rippen nahm zu. Sie stemmte ihren Oberkörper nach oben, als wenn sie das Gewicht abschütteln könnte. Doch ihr fehlte die Kraft, den Peiniger loszuwerden, der auf ihrem Brustkorb saß. Der Schlag mit der Faust traf sie hart. Blut lief aus ihrer Nase. Plötzlich wurde sie geblendet. Sie blinzelte und erkannte eine Messerklinge, in der sich das Licht spiegelte, bevor die Hand nach unten fuhr. Sofie bäumte sich auf, als die Klinge ihr Gesicht traf und tief in ihre Haut schnitt. Das Mädchen spürte den Schmerz kaum, ebenso wenig das warme Blut, das aus der Wunde tropfte, noch die wieder und wieder auf sie herab sausende Hand, die sie für immer entstellte. Sofie schnappte nach Luft, bäumte sich noch einmal auf und erstickte unter der Last, noch bevor das Monster sein Werk beendet hatte. Keiner bemerkte das Geschehen.

Die Leiche wegzuschaffen war nicht besonders schwer gewesen. Der dünne Körper hatte kaum Gewicht, und die wenigen frischen Tropfen Blut auf dem Fußboden würden schnell trocknen und eine kaum sichtbare Spur hinterlassen.

7.

Viktor Grube hatte sich den rechten Mittelfinger gequetscht. Leise fluchend löste er den Gurt, mit dem sein nagelneues Cross-Bike auf dem Fahrradträger befestigt war. Das stabile Crossrad hatte er in der Mittagspause erstanden. Von dem Sonderangebot hatte Viktor Grube durch eine Anzeige der Firma Mega Bike erfahren. Gemeinsam mit dem freundlichen Verkäufer war die erforderliche Rahmenhöhe genau berechnet worden. Das passende Fahrrad der Firma Focus-Z stand wie zur Probefahrt bereit. Viktor Grube hatte eine Testtour durch den Ort gemacht und sich darüber gefreut, wie leicht sich das Gerät fahren ließ. Der Rest war Formalität. Der 55-jährige Gemeindevertreter wollte die Zeit der Teilnahme an dem Seminar „Der kommunale Haushalt" nutzen, auch etwas für seine Fitness zu tun. Und für die Figur, wie er sich lächelnd eingestand. Seit der Scheidung war er Single; der Beutetrieb drängte ihn wieder auf die Piste. Gerade hatte seine Fraktion den Immobilienmakler zu ihrem Vorsitzenden gewählt, auch da galt es, eine gute Figur zu machen. Der einwöchige Aufenthalt in Bordesholm sollte ihn fit machen – körperlich und geistig. Viktor Grube nahm den Helm aus dem Kofferraum. Er trug eine Radlerhose und einen Windbreaker. Extra Kleidung hatte er sich für das Querfeldeinfahren noch nicht gekauft. Aber es ging wohl auch so. Den leichten Anstieg von der Verwaltungsakademie zur Klosterkirche spürte Viktor Grube kaum.

„Das ist ja, als hätte das Ding einen Motor", dachte er und wunderte sich, wie sein Sportgerät das Kopfsteinpflaster unter der Linde schluckte. Von der Wildhofstraße bog der Radfahrer links in den Wildhof ein, um den Erholungswald auf den Waldwegen – und manchmal auch neben ihnen – kreuz und quer zu durchmessen. Er wusste nicht, wie oft er den 'Fuchsberg', einen kleinen Hügel im Wildhof, herauf- und wieder hinuntergefahren war, als sich in seinem Magen ein Gefühl meldete: Hunger. Vogt orientierte sich an der Klosterkirche. Über den Lindenplatz fuhr er um die Kirche herum und schoss den Amtmannspark, der zum See hin abfällt, herunter. Kurz vor dem Seerundweg bremste er scharf und lenkte nach links, so dass das Hinterrad eine tiefe Bremsspur hinterließ. Ein Ehepaar, das auf einer der weißen Bänke ruhte, sah sich an und schüttelte mit dem Kopf. Grube wollte wieder Fahrt aufnehmen, da zuckte er zusammen und bremste automatisch. Lag da nicht etwas im Schilf? Er stieg vom Rad, musste einen Augenblick nach dem Ständer nesteln und ging dann auf dem Weg zurück. Tatsächlich, da schimmerte etwas durch das Schilf. Viktor

Grube suchte einen Stock, um das Schilf auseinander zu biegen. In ihm keimte ein Verdacht, den er gleichzeitig weit von sich wies. Er stieg die kurze Böschung hinunter und ging einige Schritte ins Wasser hinein. Jetzt war er sich sicher: Im Schilf lag ein Körper, wohl eine Leiche. Aber genau wusste er das ja nicht. So überwand er sich kurz entschlossen und watete näher an den Körper heran. Grube stand vor dem Oberkörper. Das Gesicht lag im Wasser. Beherzt griff Viktor Grube zu und drehte den Kopf aus dem Wasser.

„Nein! Hilfe! Wer macht so etwas!", schrie der Mann, ließ den Kopf aus seinen Händen fallen und lief schluchzend ans Ufer.

8.

Es war nicht nur der kühle Morgennebel über dem Bordesholmer See, der Bielfeld schaudern ließ. Es war die Situation. Genau an dieser Stelle stand er schon einmal. Doch statt sich um das Verbrechen zu kümmern, den Mord an der jungen Frau, die am Morgen von einem Biker tot im Grün des Sees gefunden wurde, grub er seine Hände tiefer in die Taschen und sah aufs Wasser. Der Ruf des Pathologen Gerald Grienau riss ihn aus der Starre. Bielfeld horchte auf. Er wurde erwartet und ging auf die Absperrung zu, die wie immer den Tatort großräumig abriegelte. Diverse Schaulustige standen abseits. Die Schutzpolizei hatte

genug damit zu tun, die Fotosession mit den Handys zu unterbinden. Bielfeld sah zu ihnen hinüber und schüttelte den Kopf. Die Sensationsgier der Leute ekelte ihn an. Lange würde es nicht dauern, bis man die ersten Bilder im Netz sehen könnte.
An dem Fundort angekommen klopfte ihm Grienau auf die Schulter. Bielfeld mochte den knurrigen Kollegen und die gemeinsamen Wortspielereien, die sie sich nicht nehmen ließen. Doch heute war keiner von beiden in der Stimmung. Beinahe tröstend sagte Grienau zu Bielfeld:
„Moin Willi. Schöner Mist, oder?", ohne den Gruß zu erwidern oder ihm zuzustimmen. Er starrte auf das Mädchen, das wie blutleer vor ihm lag. Ihre blonden Haare hingen nass und strähnig am Kopf. Die blauen Augen starr in den Himmel gerichtet. Trotz der Schnitte im Gesicht, sah man, dass sie einmal sehr hübsch gewesen sein musste. Bielfelds Gedanken blieben unausgesprochen.
‚So ein junges Ding! Wer macht denn nur sowas? Wie unsinnig! Verdammt nochmal, wie unsinnig!'
Der Kommissar sah zu seinem Freund auf. Als wenn der Pathologe Bielfelds Gedanken lesen könnte, nickte er ihm zu. Minutenlang herrschte Stille. Grienau versuchte seine Stimmlage normal klingen zu lassen, was ihm aber nicht gelang, als er sagte:
„Willi! Er ist wieder da!"
Bielfelds Miene verdunkelte sich.
„Dann ist sie die dritte im Bunde!"
Der Hauptkommissar stampfte mit dem Fuß auf und

sagte kaum hörbar:
„Verdammte Scheiße noch mal!"
Grienau beugte sich zu ihm hinüber.
„Wir kriegen ihn, Willi! Dieses Mal kriegen wir ihn! Irgendwann macht er einen Fehler."
Bielfeld ballte die Fäuste und biss die Zähne zusammen. Drohend flüsterte er:
„Wir werden ihn kriegen! Und wenn es das letzte ist, was ich mir gönne."
„Genau Willi. Gönne dir mal was!"
„Ach lass das. Weißt du schon den Todeszeitpunkt?"
„Naja. Nur in etwa!"
„Wieso in etwa?"
„Sie lag ja im kalten Wasser."
„Ach nee", frotzelte Bielfeld.
„He, lass deine schlechte Laune nicht an mir aus!"
„Ist sie ertrunken, Gerald? Was schätzt du? Und sag jetzt nicht, nach der Obduktion weißt du mehr."
„Herr Hauptkommissar, wenn du mir 'ne Glaskugel gibst, sage ich es dir gleich."
„Hör auf damit! Du von und zu Pathologe! Gut dann morgen mehr."

Bielfeld visierte Grienau an.
„Aber warum diese Messerschnitte im Gesicht? Die beiden anderen Mädchenleichen waren unversehrt."
„Vielleicht hat sie sich gewehrt. Oder er war sauer. Außerdem hat man ihr ein paar Rippen gebrochen."
„Gebrochene Rippen? Dann diese Schnitte? Dreht er jetzt durch, oder was?

„Was fragst du mich? Wer ist denn hier der Ermittler."
Bielfeld überhörte die Stichelei und kniff die Augen zusammen.
„Ich weiß warum. Ihm gefällt das und er steigert sich! Es geht um mich! Ich soll mir an ihm die Zähne ausbeißen und er spielt mit mir."
Der Pathologe stockte.
„Oh verdammt. Wenn das ein Spiel ist, haben wir ein Problem. Dann wird sie nicht die letzte sein."
„Fast zu fürchten!", brummelte Bielfeld.
„So, ich mache mich gleich ran und sobald ich das Mädel auf dem Tisch habe, vergleiche ich sie mit den anderen beiden Fällen."
Grienau bückte sich und schloss seinen Koffer.
Bielfeld nickte ihm zu.
„Ist gut!"
Dann sah er sich um. Die Schar der Neugierigen nahm ab. Im Hintergrund stand ein Krankenwagen, dessen Rettungssanitäter einen Mann verarzteten, der noch unter Schock stand. Ein junger Mann winkte herüber. Grienau richtete sich auf, lachte und grüßte zurück.
„Kennst du den Bengel?", fragte Bielefeld.
„Nee, darum grüße ich ihn auch. Blöde Frage. Na klar. Das ist Finn. Der will Rettungsassistent werden. Hochmotiviert. Das wird mal ein ganz Guter. Den triffst du überall. Beim Roten Kreuz, hat eine Vorliebe für den THW..."
„Na!"
„Ja, von solchen jungen Leuten können sich so manche noch eine Scheibe abschneiden."

„Komm, Handball mag ich auch."
„Ich weiß Bielfeld. Na und?"
„Was heißt hier na und? Reden wir jetzt über Handball oder nicht?"
„Du ja – ich nicht!" Der Pathologe beugte sich vor und sammelte einen Zigarettenstummel vom Boden auf, den er argwöhnisch betrachtete „Kannst du bitte vernünftig mit mir reden und dir nicht irgendwas in den Bart nuscheln."
„Ich habe keinen Bart!"
„Können wir jetzt bitte beim Thema bleiben. Nun nimm doch endlich mal die Kippe aus der Hand."
„Die brauche ich noch!" Der Pathologe grinste.
„Wozu? Ach lass mich raten, du willst die Marke herausfinden." Bielfeld grinste zurück.
„Nee. Den Lippenstift. Ich meine, meine Frau trägt den gleichen."
„Gerald es reicht!"
„OK. Worüber möchtest du mit mir reden?"
„Hm... habe ich jetzt vergessen."
„Auch gut!"
Der Pathologe schnippte die Kippe knapp über Bielfelds Kopf hinweg in den See.
„He, pass doch auf! He, ich weiß es wieder. Du sagtest, der Junge sei genauso ein Fan vom Hassee-Winterbeker Turnverein wie ich."
„Keine Ahnung. Woher soll ich das denn wissen?"
„Na, hast du doch gerade eben gesagt."
„Wer ich?" Grienau zeigte ungläubig mit dem Finger auf seine Brust.

„Ja du!"
Bielfeld war genervt!
"Hast du jetzt Alzheimer light oder was? Ich will wissen: guckt er nun THW oder nicht."
„He? Wieso gucken? Man Willi! Nun pass mal gut auf. Ich weiß nicht, was der Junge in seiner Freizeit noch macht. Ob er mit dir Handball guckt oder nicht. Ich weiß nur, dass er Mitglied im THW ist – dem Technischen Hilfswerk!"
„Ach so, sag das doch gleich!" Bielfeld sah auf seine Uhr.
„Verdammt nochmal, wo bleibt denn Friedberg?"
„Keine Ahnung. So, ich bin erst mal weg. Ich melde mich!"
Bielfeld hob die Hand und winkte ab. Er zückte sein Handy und wählte die Nummer seiner Kollegin. Ganz in der Nähe klingelte es. Er erkannte den Ton, ebenso wie die Person, die in dem Moment um die Ecke bog. Kommissarin Friedberg eilte herbei. Sie sah aus wie ein Werbeträger für einen Saft, auf dessen Etikett ein Kinderbild mit roten Bäckchen gedruckt war. Bielfeld lächelte. Es stand ihr gut.
Die junge Frau begrüßte ihren Kollegen. Ohne Luft zu holen entschuldigte sie sich mehrfach für ihr Zuspätkommen. Wenn dieser verdammte Traktor sie nur vorbeigelassen hätte. Doch was nützen diverse PS, wenn der Berufsverkehr keine Möglichkeit zum Überholen bietet. Na wenigstens hatte sie durch das Schneckentempo Sprit gespart.
Bielfeld erklärte ihr in seiner sachlichen Manier, was

sie verpasst hatte. Die Vermutung, dass die drei Morde miteinander in Verbindung standen, hätte er gerne noch für sich behalten. Er wollte erst die Obduktion und den Vergleich mit den anderen Fällen abwarten. Aber er wusste auch, dass er seiner Kollegin die Fälle nicht vorenthalten durfte.

Friedberg nickte die in Kurzfassung präsentierten Infos ab. Ein Beamter der Schutzpolizei teilte den Beiden mit, dass der Jogger noch nicht vernehmungsfähig sei. Er konnte nur so viel sagen: Er kannte das Mädchen vom Sehen. Sie besuchte, so wie er auch, die Verwaltungsakademie.

Bielfeld zeigte zu dem Gebäude hinüber, das auf der anderen Straßenseite stand, nur einige Meter von ihnen entfernt. Hier würden sie mit den Ermittlungen beginnen.

Unterdessen erzählte ihr Bielfeld von den beiden anderen Mädchen, die man vor wenigen Jahren im See gefunden hatte, und dass der Mörder immer noch frei herumläuft.

Als sie den Eingang der Verwaltungsakademie betraten, war Friedberg im Bilde. Sie stimmte zu, Grienaus Bericht abzuwarten, um noch einmal einen Blick in die Akten werfen zu können. Heute ging es erst einmal um den Mord an der jungen Frau.

9.

Bergfest. Irgendjemand hatte ausgerechnet, dass heute die Hälfte des elf Wochen dauernden Lehrganges vorbei sei. Das sollte gefeiert werden. Zwar hatten einige Teilnehmer des Verwaltungsabschlusslehrganges von älteren Kollegen in ihren Behörden Berichte über unglaubliche Feten in der 'Wildsau', dem längst abgerissenen Lokal am Eingang zum Wildhof, oder im Gasthof 'Zur Linde' auf der Klosterinsel, wo heute Eigentumswohnungen stehen, gehört. Aber die Lokalitäten in Bordesholm waren heute für diese Art von Feiern nicht bereit. So hatte sich der 441. Verwaltungsabschlusslehrgang entschlossen, im „Alten Haidkrug" zu feiern.

Dort waren alle Vorbereitungen getroffen. Das Bierfass war angestochen, ein kaltes Büfett stand bereit und ein Lehrgangsteilnehmer, der einige selbst verfasste Texte vortragen wollte, stimmte seine Gitarre. Nach und nach füllten erwartungsfrohe junge Menschen den Raum. Aber die Gespräche beherrschte der Mord. Man wusste zwar nichts Genaues. Die Dozenten hatten in den Lehrgängen knapp mitgeteilt, dass eine Seminaristin tot im See aufgefunden worden sei. Auch in den Zeitungen hatte in den letzten Tagen nicht mehr gestanden. Und gerade das war der Boden für Gerüchte:

„Ich habe gehört, die hatte etwas mit einem Dozenten. Der ist 30 Jahre älter als sie. Vielleicht wollte sie ihn erpressen?"

„Quatsch. Der konnte nicht mehr und wollte sie los sein."

„Eigentlich keine schlechte Methode, an gute Noten zu kommen. Bumsen statt pauken", lachte Kira, eine lebhafte Blondine, um sich gleich darauf an Bernd zu wenden, der die Rolle des Barkeepers übernommen hatte:

„Machst du mir bitte ein Bier, Bernd!"

„Gerne", antwortete er. „Dann hast du aber erst in einem Fach eine gute Zensur. Wir haben aber – lass mich nachdenken – zehn Fächer. Da musst du dich aber ganz schön ranhalten!"

„Na ja, den Dr. Wachsen haben wir ja in drei Fächern. Aber dann doch lieber pauken statt bumsen", lachte Kira.

Bernd stellte das Glas vor ihr ab. Anscheinend waren alle versorgt, sodass er den Tresen abwischte. Dabei fiel sein Blick auf die „Bordesholmer Rundschau", die neben dem Telefon auf einem Abstelltisch lag. Gedankenverloren durchblätterte er das Blatt, bis ihn eine Überschrift elektrisierte: „Mord in Bordesholm vor 21 Jahren" lautete die Schlagzeile. Laut rief Bernd in den Raum:

„Ruhe, Ruhe bitte. Hört mal, in welches Räubernest wir hier gekommen sind. Dauernd Mädchenmorde..." Und er las in die neugierige Stille hinein vor:

Es stand in der

Bordesholmer Rundschau

RUNDSCHAU Nr. 22, 19. Jahrgang, 29. Oktober 1980

Mord in Bordesholm vor 21 Jahren?

Bordesholm. Nach über 20 Jahren wird jetzt eine Tragödie aufgerollt, die sich 1942 hier abspielte. Damals verschwand spurlos die 10jährige Gerda G. aus Bordesholm. Bei Erdgrabungen fanden Arbeiter Skelett-Teile in der Nähe vom Landhaus. Offenbar handelt es sich um die Vermißte. Ein zweites Skelett wurde nicht gefunden. Die vorläufige Identifizierung erfolgte anhand von Schuhwerk, Knöpfen usw.

Die Kriminalpolizei ist mit Hilfe der örtlichen Polizeidienststelle bemüht, den so lang zurückliegenden Fall zu klären. Offensichtlich ist das Mädchen einem heimtückischen Mörder zum Opfer gefallen. Ein Jahre später (1943) wurde ein 14jähriges Mädchen aus Langwedel ebenfalls in Bordesholm vermißt. Liegt hier ein 2. Verbrechen von einem Mörder vor? Wer ist dieser Unhold?

Diese Frage wird von den Bordesholmern jetzt mit aller Leidenschaft diskutiert. Vor rund 20 Jahren wurden bereits gegen mehrere Personen Verdachtsmomente laut. In Gräben und Brunnen wurde nach den Vermißten gesucht, ohne daß sich Spuren fanden.

J.B.

„Mann, das ist über 70 Jahre her, wenn ich richtig gerechnet hab", sagte Christine, die stets korrekte Lehrgangssprecherin.

„Weshalb wärmen die das jetzt wieder auf? Wäre ja geschmacklos, wenn die auf den Mord unserer Kollegin anspielten."

Bernd suchte nach dem Erscheinungsdatum der Rundschau:

„Nein, die ist zwei Tage vor dem Mord rausgekommen. Aber da steht noch was. Wartet, ich lese vor:

Heute finden Mädchenmorde nur in den Köpfen von vier Autoren des neuen Bordesholm-Krimis statt.... Na, die scheinen ja 'ne ganz gute Nase zu haben, die Schreiberlinge!"

10.

Prof. Dr. Siegward Glotz war zutiefst beleidigt. Dabei war es eigentlich überhaupt keine endgültige Absage gewesen:

„Personen über 63 werden normalerweise nicht mehr für einen Lehrauftrag eingestellt. Aber Sie können ja mal in der Chefetage nachfragen oder einfach bei der Sekretärin Ihre Bewerbungsunterlagen abgeben. Bitte entschuldigen Sie mich jetzt, wir haben ganz dringend anderes zu erledigen. Sie sehen ja, die Polizei war schon da."

Er hatte sich kühl und abweisend bedankt und war demonstrativ nicht nach oben gegangen, sondern direkt zum Ausgang. Zum Glück war das junge Mädchen noch in Sichtweite, und er folgte ihr.

Er war ihr begegnet, als er im Foyer der Verwaltungsakademie die Aushänge am schwarzen Brett studierte. Sie war zielbewusst auf die Anzeigentafel zugegangen und hatte ausgerechnet den Aushang abgerissen und eingesteckt, den er selbst gerade, nicht wenig verwundert, aber auch nicht ohne Neugier, las:

„An alle hübschen weltoffenen Mädchen, die durch einen leichten Job schnelles Geld verdienen möchten ..."

Hat sie etwa Probleme?

Dann aber doch lieber einen Kredit als so etwas.

Es folgten offenbar nähere Erläuterungen, die er aber nicht mehr hatte lesen können, da der Text so plötzlich verdeckt wurde von einer schlanken, beringten Mädchenhand mit langen grünen Fingernägeln, die den Zettel seinen Blicken entführte.

Die Hamburger Telefonnummer hatte zum Abreißen ein Dutzend mal unten auf dem Blatt gestanden. Er hatte sich gerade einen der Abschnitte genommen, als die kleine kesse Blondine dazwischenkam und vor seinen Augen den Aushang abnahm.

Mit der spöttischen Bemerkung „Das ist wohl eher nichts für Sie", steckte sie ihn in ihre Handtasche und ging davon.

„Wie meinen Sie das?"

Sie drehte sich noch einmal um und lachte ihn belustigt, aber keineswegs unfreundlich an:

„In Ihrem Alter?"

„Seh' ich wirklich so alt aus?"

Im Gehen schaute sie sich noch einmal um und lächelte ihn ganz ungeniert an:

„Aber, aber, Herr Professor!"

Kannte sie ihn? Oder hatte sie das Gespräch mit dem Verwaltungschef mitgehört?

Er steckte die von dem Aushang mitgenommene Telefonnummer ein. Kopfschüttelnd schaute er ihr nach.

„Wo willst du hin, Bella?", hörte er hinter sich die Stimme einer Seminaristin, die begann, die Aushänge zu studieren.

„Weiß noch nicht. Vermutlich an den See. Mal sehen.

Kommst Du mit?"
„Noch nicht. Aber vielleicht komme ich nach."

‚Bella'. – Italienisch? Spanisch? – Stimme und Gang eher italienisch. Tochter eines Einwanderers und seiner deutschen blonden Frau? Er ließ seinen Gedanken freien Lauf.
Der Professor folgte ihr. Einfach so. Er hatte Zeit. Er liebte es, wenn eine Frau so aufreizend vor ihm her ging.
Es war, als ob sie wüsste, dass die Blicke eines Fremden mit Wohlgefallen auf ihrer schlanken Gestalt ruhten. Vielleicht ahnte sie es. Es war ihm egal. Ohne nachzudenken folgte er der Einladung ihrer herausfordernden Bewegungen auch, als sie von der Heintzestraße in die Eidersteder Straße einbog und weiter, als sie zum See hinabging und sich nach ihm umschaute. Was machte es schon aus, dass sie bemerkte, dass er sie verfolgte. Es musste kein Geheimnis sein. Eigentlich war es doch ein kleines Kompliment. Jeder Italienerin würde es schmeicheln, warum ausgerechnet Bella nicht? Ihr nicht zu folgen hätte er unaufrichtig, ja geradezu ungalant gefunden.
Es war ein herrlich blauer Frühlingstag. Sie hatten beide nichts zu tun.
An der Badeanstalt schlenderte sie bis vorne auf den Steg und setzte sich ganz am Ende auf die lange Bank, mit dem Rücken zur Mittagssonne, so dass ihr nichts entgehen konnte.
Zögernd blieb er stehen. Als gehörte es zu ihrem Spiel

dazu, schaute er zu dem Bagger hinüber, gerade so, als ob seine Neugierde der ruhenden Baustelle der geplanten neuen Seeterrassen gelte. Sich vergewissernd, dass auch er beobachtet wurde, wendete er nach einem angemessenen Zeitraum technischer Beobachtungen seinen Blick zur Klosterkirche hinüber.
Schließlich setzte er sich auf eine der Uferbänke mit Blick über den See – und den Steg.
Da erhob sie sich, ging zielstrebig auf ihn zu und blieb vor ihm stehen.
„Sie verfolgen mich. Richtig?"
„Ja. Ich konnte nicht anders."
„Sie sind zu alt. Ich sagte es schon."
„Zu alt wofür?"
„Für alles."
„Nicht zum Verfolgen."
Entwaffnendes Lächeln war ihre Antwort.
„Mehr wollen Sie nicht?"
Sie drehte sich um und ließ ihn allein auf der Bank zurück.
Einen Augenblick lang rührte er sich nicht. Dann sah er ihr nach und erhob sich langsam und unschlüssig. Als sie beim Jugendzentrum angelangt war, schaute sie sich um. Ging langsamer, so als vergewisserte sie sich, dass er bemerkte, dass sie rechts abbog.
Er hielt Abstand. Vor dem Geschäft von Schlachter Hansen blieb sie stehen. Als sie ihn nicht mehr sah, ging sie in den Laden, den sie erst verließ, als sie ihn auf der gegenüberliegenden Straßenseite entdeckte.
Beim Eissalon Venezia wagte er es. Er setzte sich zu

ihr.
Schweigen. Dann platzte er heraus:
„Meine erste Frau sagte eines Tages zu mir, sie möchte einmal brutal von mir vergewaltigt werden."
„Kann ich verstehen. Und? Haben Sie es getan?"
„Raten Sie!"
„Sie haben sie enttäuscht."
„Es gibt Fehler, die man nur einmal macht."
„Würden Sie es heute besser machen?"
„Das frage ich mich seither."
„Probieren Sie es aus!"
„Mit Gewalt?"
„Das wollte sie doch so!"
„Plötzlich und unerwartet? Wenn eine es gerade überhaupt nicht will? Gegen ihren Widerstand?"
„Genau dann!"
„Und? Wie wär's mit Ihnen?"
„OK. Hier und jetzt."
„Geht nicht."
„Feigling!"
„Nein, Sie dürfen es doch nicht wollen!"
„Stimmt."
„Dann also ein anderes Mal. Ich erwische Sie."
„Schaffen Sie das überhaupt in Ihrem Alter?"
„Da werden Sie mich kennenlernen."
„Ziehen Sie sich warm an – ich nehme gerade am Anti-Gewalt-Training teil."
Er lächelte sie an.

In der Nacht konnte er nicht schlafen. Er dachte an das

Entenpärchen vom See. Verfolgte er sie, so floh sie. Ließ er ab, schwamm sie wieder langsam und aufreizend so lange vor seinem Schnabel herum, bis er sich wieder aufraffte. Dann ‚*da capo al fine*'. Fine? Irgendwann kam es immer zum Ende. So oder so.
Er schlief dann doch irgendwann ein.

11.

Immer wieder schaute sie sich um, als sie von der Eisdiele zur Verwaltungsakademie zurückging.
Folgte er ihr? Anscheinend nicht. Oder vielleicht auf einem anderen Weg? So genau kannte sie sich nicht aus in Bordesholm. Er hätte plötzlich aus einer Seitenstraße kommen können. ‚Grüner Weg' las sie auf dem Straßenschild. Und dann, unmittelbar am Seminar ‚Alte Landstraße'. Es führten sicherlich viele Wege dorthin.
Und wenn schon. Er war zwar etwas sonderbar, würde ihr aber bestimmt nichts tun. War ja verblüffend ehrlich. Gab sofort zu, dass er sie verfolgte. Und das nicht mal schlecht: Münzte das Eingeständnis gleich in ein Kompliment um. Irgendwie hatte das was. Aber das schien ihr wohl nur so, weil sie so etwas einem alten Mann wie ihm nicht zugetraut hätte. War bestimmt harmlos. – Obwohl – die Geschichte mit der Vergewaltigung seiner Frau ... Ob er sie erfunden hatte? Einfach so? Als origineller Einstieg, um in ein Gespräch mit ihr zu kommen? War ja wirklich mal was anderes. Und

noch dazu erfolgreich. Sofort hatte sie die Herausforderung angenommen und den Ball zurückgespielt. Aber er wusste, ihre Spitzen gut zu parieren.
Am Ende hatte sie es vielleicht etwas zu weit getrieben. Ihn zur Vergewaltigung aufzufordern, war dreist. Immerhin hat sie dann versucht, ihn von dummen Gedanken abzuschrecken:
„Ziehen Sie sich warm an – ich nehme gerade am Anti-Gewalt-Training teil."
Auf einen Mann würde das vielleicht auch wie eine Herausforderung wirken: Aufforderung zum Tanz. Aber nicht in seinem Alter. Und als emeritierter Professor schon mal gar nicht.
Er war sicher nur ein liebenswürdiger, geistreicher, geschiedener Mann mit amorphen Sehnsüchten. Verständlich. Hatte ja schon so versonnen vor dem Aushang am schwarzen Brett gestanden. Ob er es gewesen war, der den einzigen fehlenden Telefonnummerabschnitt abgerissen hatte?
Ging es ihr im Grunde nicht genauso?
 Warum hat sie sich eigentlich den Aushang unter den Nagel gerissen? Eifersucht auf andere Mädchen, die ihr zuvorkommen könnten?
Und was versprach sie sich davon, wenn sie sich melden würde? Geld? Sicher, das auch. – Männer? Brauchte sie dafür so etwas? Eigentlich nicht. Und was für Männer würde sie sich da wohl einfangen? Vielleicht so alte geile Daddies wie diesen seltsamen Professor. Obwohl, vermutlich wäre er recht pflegeleicht. Und würde sicher gut zahlen. Keinen Tausender,

so viel konnte er sich wohl nicht leisten. Aber sicher irgendwas zwischen hundert und fünfhundert. Man durfte ja auch nicht zu viel verlangen, sonst käme er nicht wieder.

Als sie ihre Zimmertür öffnete und den Raum leer vorfand, war sie nicht einmal überrascht. Irgendwie hatte sie es geahnt. Sofie würde nicht zurückkommen. Ihr Handy war seit gestern absolut tot. Nichts. Als gäbe es die Nummer überhaupt nicht. Nur, selbst dann käme ja wenigstens die Information, dass die Nummer nicht existierte. Aber nicht einmal das.
Wo steckte sie? Was war los mit ihr? Sie nahm ihr Handy und wählte die Nummer der Unikliniken. Sie wusste, dass Sofies Vater dort arbeitete, und wenn ihr etwas passiert wäre, würde sie bestimmt dort sein. In welcher Abteilung wäre egal. Die sind alle vernetzt. Man würde es herausfinden, wenn sie dort wäre.
Aber Fehlanzeige. Keine Sofie Grödner.
Was war mit ihr geschehen?
Bella wählte die 110.
„Vermisstenanzeige? – Sind Sie mit der Person verwandt? – So, nur befreundet. – Und seit wann vermissen Sie sie? – Erst seit heute? – Ach so, also seit gestern. – Nein, das kommt oft vor. Haben Sie mit der Familie Kontakt aufgenommen? – Nicht? Na dann sollten Sie das mal als erstes tun. – Ach so, zur Familie hatte sie seit langem keinen Kontakt. – Nur zu Ihnen? – Sind Sie ein Paar? – Also nicht einmal das. – Am besten, Sie warten noch wenigstens zwei Tage. – Nein, nicht

telefonisch. – Geben Sie auf einer Polizeidienststelle eine Vermisstenanzeige auf. – Natürlich, können Sie auch schon morgen, aber ich sagte ja schon…" –
Bella legte auf. Sie hatte keine Lust, dem Typen auch noch von den beiden früheren Morden zu erzählen und dass sie Angst hat, Sofie könnte etwas Ähnliches widerfahren sein. Sie musste die Sache selbst in die Hand nehmen. Aber wie?
Sie nahm ein langes Duschbad. Das tat gut. Und beruhigte. Dennoch unsicher, ob sie schlafen würde, ging sie ins Bett und schaute noch einmal in die Seminarunterlagen zu ihrem Anti-Gewalt-Training.
Da hörte sie Schritte auf dem Gang. Langsame, schwere Schritte. Immer lauter. Kamen näher. Dann wurden sie wieder leiser und verhallten schließlich in der Ferne. Doch dann hörte sie sie von neuem. Immer deutlicher. Männerschritte. Vor ihrem Zimmer schien die Person stehen zu bleiben. Kurzes poltriges Klopfen. Dann versuchte jemand, die Tür zu öffnen. Die Klinke bewegte sich.
Bella hatte sich aufgerichtet. Sie nahm die Mineralwasserflasche vom Nachttisch und umklammerte sie.
„Wer ist da?", wollte sie rufen. Aber sie traute sich nicht.
Die Türklinke ging wieder hoch. Die Schritte entfernten sich. Es wurde still. Beängstigend still.

12.

Obwohl sich der Dozent alle Mühe gab, die Inhalte des Gemeindehaushaltsrechts lebendig darzustellen, war Viktor Grube nicht bei der Sache. Immer wieder schoss ihm das schreckliche Bild des entstellten Frauengesichts durch den Kopf. Zunächst hatte er gedacht, stark genug zu sein und psychologischen oder seelsorgerischen Beistand abgelehnt. Aber – hatte er gelesen – Traumata sind normale Reaktionen auf unnormale Ereignisse. Und unnormal war der Fund einer so zugerichteten Wasserleiche allemal. Vielleicht brauchte er doch einen Seelenklempner. Wie durch einen Schleier hörte der Gemeindevertreter, wie der im Hauptberuf als Kämmerer eines Amtes beschäftigte Dozent den Fall der Kieler Oberbürgermeisterin Gaschke im Lichte des Haushaltsrechts zerpflückte. Per Eilentscheidung hatte die Oberbürgermeisterin einem Augenarzt 3,7 Millionen Euro Steuerschulden an die Stadt erlassen. „So etwas ist nur möglich, wenn die Einziehung der Schulden eine besondere Härte für den Schuldner bedeutet. Aber das Finanzamt hat bei dem Schuldner, einem Mediziner und Immobilien-Unternehmer aus dem Kieler Establishment, keine Überschuldung festgestellt", hörte Grube und dachte, so etwas solle mal in seiner Gemeinde passieren. Einem Unternehmer auch nur ein paar hundert Euro zu erlassen. – Der Teufel wäre los.

Da klopfte es an die Tür.

„Herein!", rief der Dozent, und Hauptkommissar Bielfeld trat in den Raum. Er sei mit der Ermittlung in einer Mordsache betraut. Es ginge um die Frauenleiche, die Herr Viktor Grube am Seeufer aufgefunden habe. Herrn Grube hätte er gern gesprochen, erläuterte der Kriminalbeamte.

„Ich bin Viktor Grube", meldete sich der Gemeindevertreter.

„Würden Sie bitte mitkommen. Die Akademie hat uns einen Raum zur Verfügung gestellt, in dem wir ungestört sind."

In dem zum Besprechungszimmer für die Kriminalpolizei umfunktionierten Raum wartete Erika Friedberg. Sie stellte sich dem Gemeindevertreter vor. Die Befragung von Viktor Grube ergab keine neuen Erkenntnisse. Als sich die Polizisten von ihrem Zeugen verabschiedeten, läutete das Telefon.

„Ja", antwortete sie knapp und legte den Hörer wieder auf.

„Wir können jetzt zum Schulleiter. Er erwartet uns", sagte sie zu ihrem Kollegen.

Auf ihrem Weg quer durch das Foyer kamen sie erneut an einigen Skulpturen vorbei.

„Gar nicht schlecht", sagte sich Bielfeld.

„Wie kommt so etwas hierher. Von wem ist das?" fragte er und blieb vor einer Büste stehen.

„Margret Erichsen-Worch", las er.

„Nie gehört. Da werden wir den Herrn Studienleiter gleich mal befragen, woher die Akademie diese

Schmuckstücke hat."
„Ja, aber zunächst haben wir einen Mord aufzuklären."
Erika Friedberg zog ihren Chef von der Bronzearbeit weg. Sie stiegen zwei Etagen höher. Ein paar Schritte, und sie standen vor dem Büro des Studienleiters. Eine freundliche Vorzimmerdame ließ sie sofort ein zu ihrem Chef und fragte nach ihren Getränkewünschen. Beide baten um einen Kaffee.
Der Leiter der Verwaltungsakademie begrüßte seine Gäste ernst und freundlich:
„Kein schöner Anlass, der Sie zu mir bringt", sagte er und, bevor er fortfahren oder Erika Friedberg das Wort ergreifen konnte, sprach Bielfeld:
„Entschuldigen Sie, der Mord läuft uns ja nicht weg. Aber wer hat die Kunstwerke geschaffen, die in Ihrer Schule überall stehen? Margret Erichsen-Worch lese ich, aber wer ist das?", fragte er den verdutzten Studienleiter, während er verschmitzt zu seiner Kollegin hinüberguckte. Die schüttelte mit dem Kopf. Aber der Studienleiter gab gerne Auskunft:
„Dazu gibt es zwei Geschichten", schmunzelte er, „ich fange mal mit der von Frau Erichsen-Worch an. Margret Erichsen wurde 1934 in Neumünster geboren. Sie heiratete 1956 und siedelte dann berufsbedingt mit ihrem Mann nach Belgien um. Dort in Mol begann sie an der Akademie der bildenden Künste ihr Studium. Das wurde für uns gegen Ende des letzten Jahrtausends zum Problem..."
„Wie das?", fragte Erika Friedberg, jetzt auch neugierig geworden.

„Zunächst waren wir gar nicht im Spiel. Das Ehepaar Worch hatte beschlossen, seinen Lebensabend in Bordesholm zu verbringen. Und die Kunst sollte mit. Der Vorsitzende des Kultur- und Verschönerungsvereins, Herr Dietrich Ladwig, war gleich Feuer und Flamme. Sein Verein wollte die Kunstwerke übernehmen und uns als Dauerausstellung überlassen. Damit waren wir dann auch einverstanden. Aber Sie haben ja gesehen: Frau Erichsen-Worch arbeitete mit gewichtigem Material: Granit, Marmor, Sandstein, auch Bronze und Steinguss"

„Aha, ich verstehe. Wie das alles nach Bordesholm transportieren? Auch wenn eine Bronzefigur zu schweben scheint – das Materialgewicht bleibt", sagte Bielfeld.

„Genau. Aber da kam uns die Gemeinde zur Hilfe. So konnten wir zum Milleniumswechsel die Ausstellung eröffnen. Wir sind stolz, eine so hochwertige Sammlung präsentieren zu können. Nehmen wir die Bronzefigur in unserem Innenhof. 'In der Veränderung unserer Zeit' oder 'Weiter Weg' hat Frau Erichsen-Worch diese 1992 unter dem Eindruck der deutschen Wiedervereinigung entstandene Bronzefigur genannt. Eine gleichgroße Kopie bewacht übrigens ihr Grab auf dem alten Bordesholmer Friedhof. Beide Eheleute sind leider zwischenzeitlich verstorben".

Ein bedrückendes Schweigen legte sich über den Raum, bis Hauptkommissar Bielfeld in die Stille hinein fragte:

„Und die zweite Geschichte?"

„Die hat sich erst vor kurzer Zeit ereignet. Eine Reinigungskraft stellte fest, dass eine der Erichsen-Figuren verschwunden war. Alles Suchen war vergebens. Wir, aber auch Ihre Kollegen tappten total im Dunkeln. Der Pinguin war abgetaucht. Verschwunden. Bis der Hausmeister mich anrief:
„Pinguin wieder aufgetaucht!"
„Wie das? Und wo?", fragte Erika Friedberg.
„Das erraten Sie nie! Im Bett einer unserer Seminaristinnen, fein bis zur Schnabelspitze zugedeckt."
Erst ungläubiges Staunen und dann Lachen füllte das Büro des Studienleiters.
„Die Dame fühlte sich einsam, hatte Heimweh. Und da hat sie den Pinguin adoptiert. Der sei so freundlich und glatt und im Bett auch schnell gar nicht mehr so kalt gewesen, hat sie erklärt."
„Dann haben *Sie* ja einen völlig aufgeklärten Fall. Wir dagegen stehen ganz am Anfang. Es ist inzwischen zwar sicher, dass es sich bei der im Uferstreifen des Sees gefundenen Leiche um Sofie Grödner handelt, die einen Ihrer Kurse besucht hat. Können Sie uns etwas über die junge Frau sagen? War sie irgendwie auffällig?"
„Nein, in keiner Weise. Aber sie ist ja auch nicht lange bei uns gewesen, nahm an einem Vorbereitungslehrgang zur geprüften Meisterin für Bäderbetriebe teil. Ich habe hier ihren Personalbogen für Sie ausdrucken lassen."
Damit überreichte er den Polizisten einen aus zwei Blättern bestehenden Farbausdruck. Erika Friedberg

besah sich das Foto darauf.
„Eine sehr schöne Frau. Wieso wurde sie so verunstaltet?", fragte sie.
„Das werden wir herausfinden", sagte Hauptkommissar Bielfeld, trank seinen Kaffee aus und stellte die Tasse hörbar auf die Untertasse. Dann verabschiedete sich das Ermittlerpaar.

13.

Sie konnte es immer noch nicht glauben. Wie versteinert saß Bella auf dem Bett ihrer Mitbewohnerin, den Teddy Flori fest an die Brust gedrückt, und weinte.
Sofie war tot!
‚Ermordet, übel zugerichtet, im Wasser treibend', Worte, die unaufhörlich in ihrem Kopf pochten.
In der Schule verbreitete sich die Nachricht wie ein Lauffeuer. Lange würde es nicht dauern, bis die Kripo an ihre Tür klopft um Fragen zu stellen.
Sie würden sie aushorchen und sie so weit bringen, die Geheimnisse, die Sofie ihr anvertraut hatte, preiszugeben. Bella schüttelte den Kopf, dazu war sie nicht bereit. Das käme ihr einem Verrat gleich. Ebenso die Vorstellung, dass fremde Menschen in Sofies Sachen wühlten, um mehr über sie zu erfahren. Der Gedanke versetzte ihr einen Stich. Und würde es helfen?
Schließlich waren die Morde an den anderen beiden Mädchen immer noch ungeklärt. Bella hatte von den

Vorfällen bereits von ihren Mitschülerinnen erfahren. Wie ein Gespenst spukte die Geschichte in den Köpfen der Schüler herum und wurde gerne mit schaurigen Ausführungen an jeden weitergegeben, der es hören wollte oder auch nicht. Und jetzt noch das! Wie Öl ins Feuer kippen.
Für Klatschbasen ein gefundenes Fressen.

Das junge Mädchen erhob sich. Auf dem Tisch lag noch unverändert Sofies verkorkste Arbeit.
Bella drehte an dem Teller mit dem mitgebrachten Brot. Ein Wunsch, den sie ihrer Freundin am Abend vorher erfüllt hatte. Ihr letzter Wunsch. Banal. Nichts weiter als ein Stück Brot, dessen Rand hart geworden war. Der Käse hatte bereits eine dunkle Färbung angenommen.
Die Trauer um Sofie brannte in Bellas Herz. Nein, sie wollte es nicht einfach hinnehmen und nur tatenlos zusehen. Sie musste etwas tun und sie wusste, wo sie suchen sollte, wem sie auf den Zahn fühlen müsste. Ihr Entschluss stand fest! Sie würde auf eigene Faust recherchieren. Ihr schlechtes Gewissen quälte sie, als hätte sie das Unglück verhindern können. Sie grub die Fingernägel in das Stofftier. Flori, der Teddy, bog ihr den Kopf entgegen.
Die Seminaristin fuhr herum, als es klopfte. Sie öffnete die Tür einen Spalt weit und ließ die Polizisten erst herein, nachdem sich die beiden Beamten vorgestellt und ausgewiesen hatten. Hauptkommissar Bielfeld und seine Kollegin Friedberg stellten ihr einige Fragen, die

sie nur spärlich beantwortete.
Viel war zu diesem Zeitpunkt nicht aus dem Mädchen herauszubringen. ‚Sie steht wohl noch unter Schock', vermutete Kommissarin Friedberg, fasste dem Mädchen sanft auf die Schulter und nickte.
„Wir werden später noch einmal wiederkommen."
Die Beamten waren sich wortlos einig: Das hatte auch Zeit bis nachher.

Bella musste sich beeilen. Mit fliegenden Händen durchwühlte sie erst Sofies Schreibtisch, dann den Kleiderschrank. Verdammt! Hier irgendwo muss es doch sein, aber sie wurde nicht fündig. Seufzend ließ sich das Mädchen auf das Bett ihrer Freundin plumpsen, griff sich das Kopfkissen und drückte es an den Bauch. Plötzlich sah sie es. Ein knallrotes, mit Goldschnitt verziertes Büchlein. Sofies Tagebuch. Hier hatte sie es also versteckt. Nach einigem Zögern hob sie es auf und begann zu lesen.
Das Papier knisterte beim Umblättern. Bella studierte aufmerksam die Einträge. Abgesehen von dem Erlebten standen fein säuberlich aufgeführt Namen, Telefonnummern und kurze Personenbeschreibungen.
Wem Sofie den Eindruck vermittelte, sie hätte das totale Chaos erfunden, der täuschte sich. Wenn es darauf ankam, war sie verlässlich, verschwiegen und sorgfältig gewesen, sogar bis ins Detail, wie dieses Buch zeigte. Es enthielt alles. Sogar Bilder. Es war Notizbuch, Tagebuch und Kummerkasten in einem, gewissenhaft in verschiedene Abschnitte unterteilt.

Bella übersprang die Sorgeneinträge und fand endlich das, wonach sie suchte.

Lässig, stand er dort. Im Hintergrund seine Harley. Die Hände an der Hüfte. Der Stoff seines schwarzen Tank-Top spannte sich straff über seinen braungebrannten, muskulösen Körper. Vom Oberarm aus grinste ein tätowierter Totenkopf. Ja, sein cooles Auftreten wirkte. Sofie hatte Geschmack.
Es waren Monate her, dass Sofie ihn bei einem Discobesuch kennengelernt hatte. Er arbeitete dort als Türsteher. Hals über Kopf verliebte sich die flippige Schülerin in den kräftigen Aufpasser, der sie geschickt manipulierte. Er brachte sie sogar soweit, dass sie sich in einem Live-Forum auszog. Vor Usern, die, über einen Chat mit ihr verbunden, Kontakt hielten. Es war ganz einfach. Sie musste sich nur in sexy Dessous vor den Laptop setzen, den Chat anwählen und sich vor der Kamera räkeln. Der Kunde konnte ihr schreiben, wie und was er sehen wollte, und wenn sie die letzten Hüllen fallen ließ, war schon alles vorbei. Eine saubere Sache, die gutes Geld brachte. Doch damit nicht genug. Mark überredete sie, den Freundinnen und Schülerinnen an der Verwaltungsakademie von dem leicht verdienten Geld zu erzählen.
Er wusste, wie knapp einige Mädchen bei Kasse waren. Aber selbstbewusst. Auch Probleme mit dem Ausziehen hatten nicht alle.
Sofie bemerkte erst spät, worauf sie sich eingelassen hatte und wie er sie ausnutzte. Als sie die Beziehung zu

ihm löste, wurde er wütend, setzte sie unter Druck und lauerte ihr auf. Aber die Rechnung hatte er ohne sie gemacht. Die freche Blondine ließ sich nicht einschüchtern und drohte mit der Polizei. Das schien Mark begriffen zu haben. Immerhin ließ er Sofie daraufhin in Ruhe. So zumindest stand es im Tagebuch. Aber ob es wirklich so war? Sie schlug das Buch zu.

Hier würde sie ansetzen. Ja. Mark war der Schlüssel zu dem Ganzen. Dessen war Bella sich sicher und einen Trumpf konnte sie vorweisen. Mark kannte sie nicht.

Nur, wie an ihn herankommen? Ihr fiel der Zettel an der Pinnwand ein, der zu dem lukrativen Nebenjob einlud. Das Angebot weckte ihren Kampfgeist. Sie stand auf, nahm ihr Handy und suchte das Selfie, das sie spontan in ihrem Zimmer auf dem Bett geschossen hatten: Beide Mädchen lächelten ausgelassen in die Kamera. Liebevoll streichelte Bella über das Display ihres Smartphones und Tränen liefen über ihre Wange.

„Sofie! Wenn ich es auch nicht verhindern konnte, will ich dir eines versprechen! Ich werde rausfinden, wer dir das angetan hat!"

Mit dem Ärmel wischte sie sich über die Nase und versteckte das Tagebuch zwischen ihren T-Shirts. Dann griff sie die Jacke und holte den Aushang mit dem Jobangebot für hübsche Mädchen vom schwarzen Brett hervor. Der Anfang ihrer Suche!

14.

Ein Mann drängelte sich zwischen den Tischen der Kantine hindurch. Er schien jemanden zu suchen. Aber wie geistesabwesend blieb er schließlich an der Glaswand zum Innenhof stehen und starrte hinaus.
„Was ist denn mit dem auf einmal los?"
„Mit wem?"
„Na der drüben. Ist doch unser Dozent Ingwer Schlitz. Oder?"
„Schlitzi? Wo?", fragte die Angesprochene und schaute sich im Raum um. Doch ihr fiel niemand auf, und fragend sah sie ihre Seminarkollegin an.
„Drüben am Fenster zum Hof", half ihr ein junger Mann, der am gleichen Tisch saß, „nicht in deiner Blickrichtung."
„Was soll mit dem Besonderes los sein?", wandte er sich an die andere Kollegin.
„Geht hier an unserem Tisch vorbei, ohne eine seiner kleinen lustigen Bemerkungen, schaut uns nicht einmal an. Ist doch sonst nicht seine Art."
„Was? Der ist hier entlanggegangen? Hab ihn überhaupt nicht gesehen."
„Ging ja auch hinter dir vorbei."
„Trotzdem. Er müsste doch den freien Platz an unserem Tisch gesehen haben. Und normalerweise ..."
„Vielleicht meine Schuld. Ihr wart ja in Männerbegleitung. Ich kann ja auch gehen, wenn ihr das meint! Vielleicht besinnt er sich dann!"
„Wäre ein Test wert."

„Nee, der hat heute keine Augen für uns. Raucht da vielleicht eine neue Tussi ihre Zigarette auf dem Hof?"
„Fehlanzeige. Keiner draußen."
Grinsend stand der junge Mann auf, nahm sein Tablett mit dem Besteck und dem leeren Teller und ging zur Geschirrablage. Im Vorbeigehen flüsterte er dem Dozenten zu:
„Herr Schlitz, ist was? Die beiden Damen aus unserem Kurs da drüben sind ganz traurig, dass Sie sie einfach übersehen haben", und dabei machte er den verdutzten Dozenten auf die beiden Seminaristinnen aufmerksam, die er soeben allein gelassen hatte.
Erschrocken wie jemand, der auf frischer Tat ertappt worden war, fuhr der Angesprochene zusammen, schaute schuldbewusst in die gewiesene Richtung, fasste sich dann aber schnell, und bevor er zu dem Tisch der beiden jungen Damen ging, nickte er dem vorlauten jungen Mann zu:
„Kommen Sie erst mal in mein Alter!"
„Sie und alt?"
„Es gibt Tage, da bin ich uralt."
„Na, das aus Ihrem Munde, das erstaunt mich aber."
Man schien ein sehr lockeres Verhältnis zueinander zu haben, und Ingwer Schlitz fand schnell, zumindest vorübergehend, in seine gewohnte Rolle als lebenslustiger Mann mit heiterem Gemüt zurück.
„Das ist aber nett, Herr Dr. Schlitz, dass Sie doch noch zu uns kommen. Haben Sie schon gegessen? Nehmen Sie doch bei uns Platz!"
„Danke schön! Einer so liebenswürdigen Einladung

kann und will ich natürlich nicht widerstehen."
Und schon setzte er sich.
„Nein, gegessen habe ich nichts, möchte ich auch nicht, an so einem Tag. Einen Schnaps könnte ich vertragen. Aber den gibt es hier ja nicht."
„An so einem Tag? Sie meinen wegen Sofie?"
„Hieß sie so?"
„Sie erinnern sich doch sicher. Oder? Ich meine, Sie hätten gestern noch eine Zigarette mit ihr draußen geraucht."
„Gut beobachtet. Ja, die gute Sofie."
„Haben Sie deshalb so versonnen da hinaus gestarrt?"
„Und uns völlig übersehen?"
Er schwieg.
„Wie wäre es mit einem Kaffee? Wenn Sie das wieder munter macht, laden wir Sie gern dazu ein, wo es schon keinen Schnaps für Sie gibt."
„Danke. Gern. Das ist sehr liebenswürdig. Tut richtig gut. Danke."
Die beiden Mädels sahen sich an. Irgendetwas stimmte nicht mit ihm.
„Gehst du?"
„Schon unterwegs."
„Was weiß man denn bis jetzt?", fragte er die bei ihm am Tisch Gebliebene.
„Einer von uns hat sie im See gefunden."
„Ertrunken?"
„Was sonst? Leichen im Wasser sind meist ertrunken."
„So So. Ertrunken also. Muss wohl einen Herzfehler gehabt haben."

„Herzfehler?"
„Oder Kummer. So sportlich, wie sie war."
„Sie erinnern sich also doch ganz gut an sie?"
Er antwortete nicht. Sah sie an, wie wenn er durch sie durch schaute.
„Und Sie?", fragte er die junge Dame, nachdem sie Tassen mit dampfendem Kaffee auf den Tisch gestellt hatte. „Wissen Sie mehr?"
„Mehr wovon?"
„Na, von dem schrecklichen Ereignis, über das alle hier reden."
„Nur was man so redet."
„Sind Sie nicht vernommen worden?"
„Doch, aber nur kurz. Wir kannten sie ja kaum."
„Und? Was haben Sie gesagt?"
„Was sollten wir sagen?"
„Zum Beispiel, dass Sie mich mit ihr im Hof gesehen haben."
„Daran hatte ich nicht gedacht. Ist ja auch nichts Besonderes. Sie rauchen ja beide."
An ihre Nachbarin gewandt fragte sie:
„Hast du das erwähnt?"
„Wir sind nämlich einzeln befragt worden", ergänzte sie, ihre Frage erklärend, zum Dozenten gewandt.
„Doch, ich glaube, das habe ich erwähnt, als die Kommissarin fragte, ob wir sie mit irgendjemandem zusammen gesehen haben."
„So, das haben Sie gesagt. Und wie nahm sie das auf?"
„Ich glaube, sie fand das nicht wichtig. Fragte, ob das ungewöhnlich sei. Verzeihen Sie, aber ich habe ihr

gesagt, dass ich den Eindruck habe, dass Sie ganz gern mit einer hübschen Frau zusammen eine Zigarette rauchen. Sie hat das notiert. Sonst nichts. Keine weiteren Fragen."

„Keine weiteren Fragen", wiederholte er mechanisch.
Ingwer Schlitz trank schweigend seinen Kaffee aus. Dann erhob er sich.
„Darf ich Sie jetzt allein lassen? Tut mir leid, ich bin heute nicht in Plauderstimmung. Aber Ihre Einladung zum Tässchen Kaffee hat gut getan. Vielen Dank!"
„Gerne!"
Ohne sich noch einmal umzuschauen ging er quer durch den Speisesaal davon.

„Der ist aber durch den Wind, der Schwerenöter!", tuschelte man am anderen Ende, als er vorbeiging.
„Wird wohl seinen Grund haben."
„Wie meinst du das?"
„Der hatte doch bestimmt was mit der."
„Du meinst?"
„Klar. Der ließ sich doch nichts entgehen."
„Ich hab ihn auch mit ihr gesehen."
„Du meinst, vorgestern? Im Hof?"
„Genau."
„Und nun trauert er?"
„Ist er nicht der Typ für."
„Und warum ist er dann so komisch?"
„Wer weiß?"
„Meinst du etwa ... ?"
„Ich habe nichts gesagt."

15.

‚Hoffentlich hat sie sich inzwischen beruhigt', dachte Erika Friedberg, als sie bei der Verwaltungsakademie ankam, um Bella erneut zu befragen.

„Kommissarin Friedberg", sagte sie zu der Glasscheibe, wie immer unsicher, ob man sie auf der anderen Seite verstehen konnte, und wollte ihren Ausweis hervorholen.

„Nicht nötig, Sie waren doch gestern schon zusammen mit dem Kieler Kollegen hier. Ich habe Sie doch gleich wiedererkannt. Was kann ich für Sie tun?"

„Ich wollte zu Isabella Venga. Sie wissen, der Zimmernachbarin des Mordopfers."

„Mal sehen, ob sie da ist."

Sie wählte eine Nummer.

„Frau Venga, Besuch für Sie. Hier ist …".

Die Empfangsdame zögerte ein wenig, dann schaute sie auf den Ausweis, den die Polizistin ihr jetzt doch an die Glasscheibe hielt.

„Es ist Frau Friedberg, Polizeikommissarin aus Bordesholm, die Sie sprechen möchte. Ich schicke sie zu Ihnen rauf, wenn Sie einverstanden sind. O.K."

„Sie erwartet Sie. Zimmer 44."

„Danke."

Frau Friedberg klopfte an die Tür von Zimmer 44, wo man ihren Besuch soeben telefonisch angekündigt hatte, und einem mürrischen „Herein" folgend trat sie ein.

„Frau Venga?", fragte sie unsicher, als sie Bella,

verschlafen auf der Kante des ungemachten Bettes sitzend vor sich sah.

„Störe ich? Ich kann auch später noch einmal ..."

„Nein, bleiben Sie", unterbrach sie die Angesprochene.

„Ich hatte Ihren Besuch erwartet. Nur nicht ganz so schnell."

„Erwartet?"

„Mein Vater rief eben an. Er wurde von einem Polizisten verhört. Weiß der Himmel warum. Vermutlich, weil er schwarze Locken und einen spanischen Namen hat, und ein „W" wie ein „B" ausspricht. Dabei ist er doch seit Ewigkeiten Deutscher. Aber man behandelt ihn immer noch wie einen verdächtigen Ausländer. Und seit diesem blöden 11. September halten ihn einige sogar für einen Moslem."

„Das tut mir leid. Ich wusste gar nicht ..."

Wieder wurde sie unterbrochen.

„Tut mir leid, tut mir leid, was soll's. Es ist nun mal so mit der deutschen Polizei."

Bella stand auf und ging, barfuß wie sie war zur Badezimmertür.

„Lassen Sie sich Zeit. Ich warte im Foyer unten auf Sie, wenn es recht ist."

„OK. In fünf Minuten", kam es aus dem Bad.

Erika Friedberg war verärgert. Fühlte sich wieder einmal von ihrem Kollegen übergangen.

Um sie herumscharwenzeln, plump mit ihr flirten, wie es bei attraktiven Frauen so seine Art war, dabei nahm er sie ernst. Tat wenigstens so. Wollte sie sicher in die

Reihe seiner erfolgreichen Frauengeschichten einreihen können, von der sie sich nicht recht vorstellen konnte, dass sie so lang war, wie er es in Männerrunden andeutete. Obwohl er trotz – oder vielleicht gerade wegen? – seiner ländlich-treuherzigen Art bei Frauen erstaunlich gut ankam. Und manchmal war ja auch Erika ein wenig geschmeichelt durch seine einfache charmante Art, wenn sie für Augenblicke wieder das freundschaftliche Gesicht von früher bei ihm entdecken konnte, das sie so mochte: Willi, der liebenswürdige Kumpel aus der Finnensiedlung, mit dem man durch Dick und Dünn gehen konnte, der einfach da war, wenn man ihn brauchte. Damals, als es ihm noch recht war, wenn man ihn Willi nannte.

Aber ihr als Kollegin gegenüber kehrte er allzu oft den Chef heraus. War er ja auch: Als Hauptkommissar Wilhelm Bielfeld, Vorsitzender der Kieler Mordkommission, siezte er sie sogar. Als seien die Jugendjahre vergessen, als sie zur Grundschule ging und er schon von Herrn Müller in der Realschule unter die Fittiche genommen wurde. Vielleicht war es ihm ja unangenehm, dass die kleine Erika gleich auf das Gymnasium kam, während er den Umweg über die Elly-Heuss-Knapp-Schule in Neumünster hatte nehmen müssen, um die Hochschulreife zu erlangen.

Warum hatte er es ihr nicht wenigstens gesagt, dass er seinen Kollegen auf Fehmarn bereits auf die Eltern von Bella Venga angesetzt hatte, bevor sie, seiner Weisung folgend, die Seminaristin in der Verwaltungsakademie befragte? Dann hätte sie ganz anders begonnen.

Aber sie würde es schaffen. Das Mädchen war ihr sympathisch. Gleiche Wellenlänge. Nur im Augenblick eben verärgert.

Frau Friedberg ging schon vor zur Rezeption und ließ Bella Zeit, sich frisch zu machen.
„Gibt es hier einen gemütlichen Raum, in dem man sich nicht wie Polizei und Zeuge, sondern mehr von Frau zu Frau unterhalten kann? Vielleicht bei einem Eis oder Cappuccino?"
„Leider nein. Die Kantine ist zu ungemütlich für ein vertrauliches Zweiergespräch und hat außerdem um diese Zeit geschlossen. Aber Sie haben recht: Die Frau Venga ist ganz schön durch den Wind. Ein paar freundliche Worte täten ihr bestimmt gut. Gehen Sie doch mit ihr ins Seecafé, gleich wenn Sie hinausgehen, etwa dreihundert Meter nach links. Neben dem Friseur."
„Ja, das kenne ich."
„Aber jetzt ist es gerade neu renoviert worden."
„So? Das war doch ganz gemütlich."
„Sie werden sehen. Ist noch schöner geworden. Schauen Sie es sich an."
„Und das Kuchenangebot?"
Ist geblieben. Spendieren Sie der jungen Frau eine Eierlikörtorte, wenn Sie der Kleinen was Gutes tun wollen. Die backen sie immer noch nach dem guten alten Rezept von Helga Tamm, die vor Jahren das Café zusammen mit ihrer Freundin, Schmücker hieß sie, glaube ich, eröffnet hat."

Frau Friedberg nutzte die Gelegenheit bis Bella kam und rief Bielfeld an.

„Warum erfahre ich erst jetzt und nur zufällig, dass ich nicht allein, sondern auch noch andere an der gleichen Spur arbeiten - wenn man von Spur überhaupt reden kann?"

„Ach das war Intuition. Mir fiel ein, dass ich einen Freund auf Fehmarn habe. Und da dachte ich…"

„Und was hat der Besuch bei Familie Venga ergeben? Gibt es Hinweise auf unseren Fall?"

„Der Vater ist Spanier."

„Das nenne ich einen tollen Hinweis! Vor allem, da er Deutscher ist."

„Pst. Sie kommt! – Dann also bis heute Abend. Und grüß deine Schwester schön von mir!"

Mit diesen Bielfeld ein wenig verwirrenden Worten beendete Erika das Gespräch.

Zu Erikas Überraschung nahm Bella die Einladung ins Café sofort an:

„Ich halt es hier nicht mehr aus. Es kommt mir vor, wie wenn ihre Seele hier noch herumgeisterte, Vorwürfe machte und klagte. Dabei …".

Sie brach ab.

„Dabei?"

„Später. Gehen wir erst mal ein paar Schritte."

Keine Eierlikörtorte. Kein Cappuccino. – Früchtetee.

Das konnte ja heiter werden.

Heimlich gab Frau Friedberg der Bedienung, als sie

zwei Glas Tee – Frauensolidarität – auf den Tisch gestellt hatte, einen Wink, und indem sie mit zwei Fingern auf ein kleines Werbefaltblatt zeigte, bestellte sie zwei „Hugo".

„Ich wollte nicht unhöflich sein und habe gleich zwei bestellt", erklärte sie es ihrem Gegenüber, als die Gläser gebracht wurden, „aber wenn Sie nicht möchten, lassen Sie es stehen."

Bella schaute unschlüssig auf ihren Tee und dann auf die Gläser. Und wie bei einem kleinen verheulten Kind, das von einem Bonbon oder einem gutmütigen Scherz zu einem Lächeln unter den noch feuchten Tränen verführt wird, schmunzelte auch sie:

„Sie haben ja recht. Vielleicht bringt mich das auf andere Gedanken. Außerdem ist der Tee noch zu heiß."

„So, und nun vergessen Sie, dass Sie mit einer Polizistin hier sitzen – dieser Teil in mir dürfte ohnehin keinen Alkohol mit einer zu befragenden Zeugin trinken – und denken Sie daran, dass eine Frau Ihnen gegenüber sitzt, die Ihnen helfen möchte."

„Dein Freund und Helfer…"

„So falsch ist das gar nicht. Manchmal jedenfalls. Was meinen Sie, wie schwer es für mich ist, diese harte Schale abzuwerfen, die man als Polizist mit sich rumträgt! Mit wem auch immer ich zusammentreffe, zumindest im Falle dienstlicher Begegnungen, es sprüht mir ein Schwall von Abwehr entgegen, der es beinahe unmöglich macht, an den Menschen heranzukommen. Dabei interessiert mich doch eigentlich nur dieser. Dienstlich und menschlich."

„Und was kann ich für Sie tun? Dienstlich und menschlich?"

„Menschlich: Schenken Sie mir ein Lächeln. Dienstlich: Helfen Sie mir, Ihnen zu helfen – und Ihrer Freundin oder dem, was von Ihr verblieben ist, jetzt, wo sie nicht mehr lebend unter uns ist, wenn Sie verstehen, was ich meine."

Bella dachte nach. Wusste nicht, was sie preisgeben sollte.

„Ich hatte schon sehr früh die Polizei um Hilfe gebeten. Noch bevor ich wusste, was geschehen war. Vielleicht hätte man es da sogar noch verhindern können. Vermutlich war es aber doch schon zu spät."

„Wie meinen Sie das?"

„An jenem Abend habe ich den Notruf angerufen, weil ich mir Sorgen machte, als Sofie nicht vom Joggen zurückkam."

„Und?"

„War es Arroganz? Frauenfeindlichkeit? Faulheit? – Ich weiß es nicht. Man hat sich über meine Besorgnis in einer Weise lustig gemacht, dass ich schließlich aufgelegt habe."

„War das ein Kollege hier in Bordesholm? Das müsste ich eigentlich wissen."

„Keine Ahnung. Ich habe die ‚110' gewählt."

„Dann ist der Anruf an die Zentrale gegangen. Ich werde dem nachgehen."

„Aber das bringt ja jetzt auch nichts mehr."

„Dann erzählen Sie mir alles, was etwas bringen könnte. Sie wollen doch sicher genau wie ich, dass der

Fall aufgeklärt wird und dass wir den Verbrecher finden, der das angerichtet hat."
„Dieses Schwein. Und was habe ich davon, wenn er in den Knast kommt?"
„Wollen Sie, dass er frei herumläuft und sich das nächste Opfer sucht? Sie wissen sicher, dass Sofie Grödner nicht das erste Opfer war, das wir in diesen Jahren aus dem See geholt haben. Haben Sie irgendeinen Verdacht?"
„Nein. – Oder doch. – Viele. – Aber alles sind Hirngespinste, die mir im Kopf herumgehen. Nein. Einen wirklichen Verdacht habe ich nicht."
„Erzählen Sie mir Ihre Hirngespinste. In Ihrem Gedächtnis sind mehr Informationen über Frau Grödner als in meinem. Sagen Sie sie mir. Helfen Sie mir. Ich werde alles ernst nehmen. Was sich dann als unsinnig erweist, wird sich zeigen. Reden Sie sozusagen ins Unreine. Ohne groß nachzudenken. Lassen Sie heraus, was Sie bewegt. Es hilft Ihnen ebenso wie uns. Mit wem sollten Sie sonst reden?"
„Also gut: Da ist zunächst einmal Schlitzi, Dr. Ingwer Schlitz, ein Dozent, der allen Mädchen nachsteigt. Ist Sporttaucher. Ich meine, das macht natürlich keinen verdächtig. Doch sie lag ja schließlich im See. Aber ..."
„Lassen Sie erst mal das ‚Aber'. Dazu kommen wir dann das nächste Mal. Weiter. Ungeordnete Stoffsammlung. Stichworte genügen erst mal als Brainstorming."
„Schlitzis Frau ist tierisch eifersüchtig. Vielleicht hielt sie Sofie für seine neue Geliebte. Dann sind da diese Bauarbeiter, die bisweilen in die Kantine kommen und

sich einen Spaß draus machen, Seminaristinnen anzubaggern. Besonders einer, den sie Kuno nennen. Der wirkt so, als könne er schnell gewalttätig werden. Und dann Mark, der Exfreund von Sofie. Der ist Türsteher in so einer Kneipe am Kieler Hafen."
„Ich finde das alles sehr hilfreich."
„Ja, und dann dieser komische Professor Glotz."
„Was ist mit dem?"
„Er ist mir vor ein paar Tagen gefolgt, als ich zum See ging und später ins Eiscafé. Er redete über den geheimen Wunsch von Frauen, vergewaltigt zu werden."
„Eigenartig. Sonst noch jemand?"
„Sofie hatte einen Kollegen. Ihren vorgesetzten Bademeister. Ich weiß nicht viel von ihm. Nur dass er eigentlich die Fortbildung bekommen sollte, zu der sie jetzt hier war und dass er wohl ein Auge auf sie geworfen hatte. Aber wer hätte das nicht, sie war doch so schön."
Bei dem letzten Satz verstummte sie, nahm den Kopf in ihre Hände und fing an zu schluchzen.

16.

Der nächste Tag sollte für Bielfeld und Friedberg entscheidend sein. Bielfeld war gespannt, von seiner Kollegin zu erfahren, was das Gespräch mit Bella zur Aufklärung des Mordfalles an Sofie gebracht hat. Die beiden ungeklärten Mädchenmorde der vergangenen

Jahre schienen diesen Fall zu überschatten. Immer wieder der Gedanke, der Täter hat erneut zugeschlagen, ließ Bielfeld nicht los.
Sie hatten sich für 10.00 Uhr in Kiel im neuen Büro verabredet. Gerald Grienau, der Pathologe, Bielfelds Freund und Helfer, sollte noch am gleichen Vormittag besucht werden. Er hatte am Fundort nur wenige Aussagen zum Tod machen können, und das reichte nicht.
„Wollt ihr das Mordopfer noch einmal sehen?", begrüßte er beide Kommissare, die sich klopfend bemerkbar machten.
„Das ist unsere Pflicht, wir möchten wissen, wie du ihre Gesichtsverletzungen nach der Obduktion einschätzt. Haben sie letztendlich zum Tod geführt?"
„Das ganz sicher nicht, das Opfer ist erstickt. Und zwar könnte der Tod eingetreten sein durch heftige Tritte auf die Brust. Er muss sich regelrecht auf die Brust gesetzt haben. Vermutlich erst, als sie nicht mehr atmete, hat er das Gesicht festgehalten und es mit einem scharfen Messer kreuz und quer durchfurcht.
Der Pathologe zog langsam die Decke vom Gesicht des Opfers.

Beide Kommissare waren entsetzt von dem verunstalteten Gesicht. So eine schöne junge Frau, sie konnten es nicht fassen. Erika Friedberg hielt es nicht mehr aus. Sie lief zur Toilette und musste sich übergeben.

„Und nun zu den beiden Mädchenleichen, die schon vor

ein paar Jahren hier auf dem Tisch lagen."
Grienau wartete mit seiner Aussage, bis Friedberg leichenblass nach ein paar Minuten zurückkam:
„Es bedarf noch einiger spezifischer Untersuchungen, bis die genaue Todesursache dieses Opfers feststeht. Aber wir können ganz sicher davon ausgehen, diese Tat steht in keinem Zusammenhang mit den vorhergehenden ungeklärten Mordfällen. Ich denke, Ende der Woche weiß ich das genau. Ich gebe euch meinen Vermerk über die Recherchen aller drei Mordfälle mit, ihr könnt das mit euren Unterlagen noch einmal vergleichen."
Grienau und Bielfeld, die eigentlich für einen Scherz oder passenden Witz bekannt waren, wenn sie sich verabschiedeten, beließen es bei einem freundlichen „Tschüss! Wir hören voneinander!"

17.

Nach dem Pathologiebesuch schien auch Erika Friedberg wieder gefasst, als sie am nächsten Morgen ihren Kollegen anrief, um noch einmal alle bisherigen Details zu diskutieren.
„Haben wir in der Verwaltungsakademie wirklich alle Zeugen verhört, oder bleiben da noch Fragen?
Unter den hauptamtlichen und ehrenamtlichen männlichen Dozenten gibt es mindestens drei oder vier, die von den durch uns verhörten weiblichen

Seminaristen regelrecht schwärmerisch verteidigt wurden."
Bielfeld fuhr fort:
„Dieser Ingwer Schlitz, von dem wir bei den Befragungen der jungen Damen wissen, dass er sich mit Sofie auf dem Pausenhof getroffen hat, den müssen wir uns noch vorknöpfen. Zwei Seminaristinnen haben beobachtet, wie sie sich Zigaretten ansteckten, sehr eng zusammenstanden und es den Anschein hatte, dass beide sich schon länger kannten. Als es klingelte, liefen Sofie und 'Schlitzi', sein Spitzname unter den jungen Damen, übermütig auseinander."
„Kann schon sein, aber die blonden jungen Dinger haben ihn schon immer interessiert. Sofie war so eine, die er besonders reizvoll fand, aber mehr auch nicht."
Erika Friedberg meinte dennoch:
„Es steht ja nichts im Wege, uns mit diesem Ingwer Schlitz für ein Verhör zu verabreden. Ich werde einen Termin vereinbaren."

Der Termin wurde von der Sekretärin für den übernächsten Tag bestätigt. Ingwer Schlitz, der hauptamtliche Referent für Soziales und Jugend, seit drei Jahren in der Akademie in Bordesholm tätig, kam von der Fachhochschule für Verwaltung und Dienstleistung Altenholz. Von dort aus hatte er sich nach Bordesholm beworben.

Als sich beide Kommissare mit Ingwer Schlitz in ihrem Dienstzimmer in Bordesholm trafen, war das auch

gleich die erste Frage Friedbergs:
„Was hatte diese Bewerbung für einen Grund? Sie wohnten doch in Kiel in der Schleusenstraße, also ganz nah an Ihrem Dienstort?"
Ingwer stutzte.
„Wieso, tut das was zur Sache in dem Mordfall Sofie Grödner? Aus dem Grund haben Sie mich doch geladen?"
„Sicher belanglos, meine Frage", erwiderte die Kommissarin, „aber trotzdem, antworten Sie bitte darauf."
„Das hatte etwas mit meiner Frau zu tun, sie vermutete ein Verhältnis meinerseits mit einer Beamtin aus dem Kultusministerium. Da war natürlich nichts dran. Meine Frau hat mich bedrängt, in das beschauliche Bordesholm zu wechseln. Ich habe des lieben Friedens willen letztendlich zugestimmt. Also eigentlich lächerlich von meiner Seite, dennoch, wir fühlen uns beide sehr wohl hier."

Bielfeld, der kurzfristig den Raum verlassen hatte, kam mit einer Akte zurück.
„Sie sind auch an dieser Akademie ein umschwärmter Dozent. Wir wissen das von mehreren Zeugenaussagen. Schön für Sie, so beliebt zu sein. Aber nun ernst weiter: Was haben Sie mit Sofie Grödner besprochen, als man Sie wenige Stunden vor ihrem Tod sehr vertraut gemeinsam auf dem Pausenhof beobachtet hat? Ging es um eine Verabredung? Gab es letztendlich ein Treffen außerhalb der Akademie, das vielleicht für ihr Verschwinden wichtig ist?"

Bielfeld konzentrierte sich darauf, wie Ingwer Schlitz sich auch äußerlich gab. Wirkte er unsicher und nervös? Verheimlichte er etwas? Wie genau kannte er Sofie?
Ingwer Schlitz blieb ruhig und aufmerksam und beantwortete die Fragen höflich. Die Polizisten erfuhren nur Belangloses.
Die Kommissare hatten den Eindruck, dass er zwar mit dem Mordopfer geflirtet und vielleicht auch ein Abenteuer gesucht hatte. Einen Mord trauten sie ihm jedoch nicht zu.

Bielfeld und Friedberg verabschiedeten Ingwer Schlitz freundlich und bedankten sich für diesen Termin.
„Vielleicht hätten wir seine Frau mit einladen müssen. Ihre Eifersucht scheint nicht unbegründet."

Erika Friedberg freute sich auf ihren Feierabend, als Bielfeld ihr nachrief: „Ich werde das auf jeden Fall nachholen."

Bielfeld guckte auf die Uhr, als er am Donnerstag darauf gegen 11.00 Uhr sein Büro in Kiel verließ. „Zeitlich ist es noch drin, kurz nach Bordesholm zu fahren. Vielleicht habe ich Glück und treffe Frau Müller-Schlitz an. Ihr Mann müsste ja um diese Zeit noch in Bordesholm unterrichten."

„Frau Hannelore Müller-Schlitz, ist das richtig? Mein

Name ist Wilhelm Bielfeld, Hauptkommissar bei der Kriminalpolizei Kiel", stellte sich Bielfeld vor, als die Tür von einer sportlich wirkenden, total verdutzten Mittvierzigerin mit schlichtem graublondem Pferdeschwanz geöffnet wurde.

„Darf ich reinkommen? Sie wissen sicher von Ihrem Mann, dass im Bordesholmer See die Leiche einer jungen Seminaristin aus der Verwaltungsakademie gefunden wurde."

„Ja natürlich, kommen Sie bitte. Aber was sollte ich dazu wissen? Ich arbeite hin und wieder für eine spezielle Sportartikelfirma für Wassersportkleidung auf Messen im norddeutschen Raum, gerade gestern bin ich von Sylt zurückgekommen."

„Zusammen mit meiner Kollegin habe ich bei den Befragungen in der Akademie auch Ihren Mann vernommen, rein routinemäßig. Er hat uns in dem Gespräch berichtet, dass er Ihretwegen vor ungefähr vier Jahren von der Fachhochschule für Verwaltung und Dienstleistung in Altenholz nach Bordesholm gewechselt ist, da Sie vermuteten, dass eine hohe Beamtin des Kultusministeriums bei ihren Besuchen in der Fachhochschule Ihrem Mann nachstellte und er eventuell sogar ein Verhältnis mit dieser Person hatte. Können Sie diese Aussage bestätigen?"

„Das hat er Ihnen berichtet? Dazu muss ich Ihnen sagen, dass er ganz einfach Recht hat. Allerdings ist meine Vermutung nie aufgeklärt worden. Bordesholm kennen wir beide bereits von gemeinsamen Radtouren an der Eider aus unserer Studentenzeit. Wir lieben das

Dosenmoor, die Klosteranlage und die Badeanstalt am Bordesholmer See. Ich persönlich stöbere auch sehr gern in ‚Urtes Werkstatt', der Second-Hand-Boutique im Alten Kreishaus. Ich bin mit unserem Umzug hierher sehr zufrieden."
„Frau Müller-Schlitz, danke für die nette Auskunft. Entschuldigen Sie, dass ich Sie damit einfach so überrumpelt habe. Ihrem Mann wird das vielleicht gar nicht gefallen, aber Ihre Aussage war uns wichtig bei unserem Puzzle, diesen Mord aufzuklären."

Als Bielfeld sich von Frau Schlitz höflich verabschiedete, sah er zufällig neben einer offen stehenden Flurtür in einen kleinen unbeleuchteten Raum, wo neben Waschmaschine und Wäschetrockner auf einigen Kleiderhaken schwarze Neoprenanzüge hingen.
„Frau Müller-Schlitz, sind Sie Anglerin oder tauchen Sie sogar?"
„Beides, Herr Bielfeld, das sind meine Hobbys, leider komme ich viel zu selten dazu!"

Als er Erika Friedberg von seinem Gespräch berichtete, ließ er sie ganz nebenbei noch wissen: „Übrigens, die eifersüchtige Schlitz-Frau kann tauchen."

18.

„Na, Kuno, een beten Röövenmuus un een lüttje Wust geiht sachts noch rin!"

Die Augen der Männer in der Tischrunde richteten sich auf den massigen Mann im Handwerker-Overall. Zweimal war er bereits mit seinem Teller an den Tresen gegangen und hatte von den freundlichen Küchenfrauen einen Nachschlag erhalten – sogar mit einer der köstlichen Kochwürste. Nun lehnte er sich aber in seinem Stuhl zurück, dass der in den Fugen ächzte, faltete die Hände über dem Bauch und antwortete:

„Nee danke, ik bün pappsatt. Will een mien Nadisch? Ik kann nich mehr."

„Ik nich. Ik bün sowieso keen Sööten", richtete sich der schlanke Verwaltungsangestellte an Kuno, „...laat uns man een smöken gahn." Und im Aufstehen sagte er zu den anderen am Handwerkertisch: „Ihr könnt ja inzwischen für Kaffee sorgen."

„Ja, goht ji man smöken. Ik nehm denn den Pudding, wenn dat Nötigen keen Enn hett", sagte der Maurermeister und griff nach der Schale mit dem Schokoladenpudding.

Im Innenhof der Verwaltungsakademie sind überdachte Raucherstationen eingerichtet. Während die beiden Männer sich an einen der Stehtische stellten, fragte Kuno den Amtsangestellten:

„Was ist denn gestern im Hauptausschuss der Gemeinde Bordesholm rausgekommen? Kriegt der Kulturver-

ein den Zuschuss für das Anna-Jahr?"
Jörg Stöterau steckte sich seine Overstolz an. Er war der alten Marke treu geblieben, obwohl das einige Probleme bei der Beschaffung mit sich brachte.
„Im Prinzip ja", antwortete er, blies weißen Rauch in die klare Mittagsluft und fuhr fort:
„Aber höchstens 2000 Euro – und erst nach Abrechnung sowie Vorlage von Belegen."
Kuno lachte auf. Er wusste, dass das gesamte Projekt „Bordesholm feiert seine Herzogin" zum 500. Todestag der Anna von Brandenburg 31.000 Euro kosten würde. Er wollte seinen ehrenamtlichen Beitrag dazu leisten, indem er beim Zimmern der Bühne half. Die würde groß und lang im Mittelschiff der Klosterkirche stehen. Er freute sich bereits darauf, in der Nähe der Schauspielerinnen arbeiten zu dürfen.
„Und der Kulturverein muss wieder in Vorleistung treten. Pennschieter dat...!", schimpfte Kuno, brach aber ab, als einige junge Frauen aus der Kantine heraus drängten und sich um den nächsten Stehtisch gruppierten.
„Mann in de Tünn! Wat hier een Material rümlöppt. Juckt een jeden Handwarksmann in de Fingers – un annerswo."
Obwohl Kuno nur halblaut gesprochen hatte, bemerkten die Frauen offenbar, dass die Worte ihnen galten. Unsicher, wie sie sich verhalten sollten, fragte schließlich eine der Seminaristinnen:
„Haben Sie etwas zu uns gesagt, junger Mann?"
Kuno spürte, wie er rot anlief. ‚Solch ein Luder. Die

sollte mir mal allein begegnen...', dachte Kuno, murmelte dann aber in Richtung der Frauen:
„Nein, nein, nicht Sie, nur so..."
„Na Kuno, übernimm dich man nicht. Lass uns die Flucht nach vorne zu unserem Kaffee antreten."
Sie drückten ihre Zigaretten aus und gingen durch die großen Schiebetüren zurück in die Kantine. Der Kaffee stand bereit, und bevor Jörg Stöterau über Kuno und die Frauen lästern konnte, sagte dieser:
„Stellt ju vör, wat de Gemeendraat nu wedder besloten hett..."
„Nee, nee Kuno", fuhr der Maurermeister Pattensen dazwischen.
Alle kannten ihn von seinen rasanten Baggerfahrten durch den Ort und wussten von seiner Ablehnung politischer Gespräche.
„Du weest doch: Suup Di vull un eet Di dick un hool dat Muul vun Politik. Hett hier nix to sööken! Kümmer Di man leever üm de Deerns, Kuno!"
„Is mi ook Recht", ging Kuno einem Streit aus dem Wege. „Wi beiden hebbt dor buten allerbestet Material sichtet", zwinkerte er Jörg Stöterau zu, aber der ließ sich nicht vereinnahmen.
„Joop! Een vun Kunos Charmeoffensiven is wedder Mol an de Zielpersoon afprallt un verlöppt sik in Sand", lachte er.
„Tööf man af, tööf man af! Keen toletzt lacht, lacht an'n Besten!", knurrte er.
Der Maurermeister stellte seinen Kaffeebecher laut hörbar auf den Tisch.

„Lüüd, ik mutt los. Geld verdeenen. Wi sünd ja nich in'n öffentlichen Deenst", sagte er und erhob sich.
Die anderen folgten seinem Beispiel. Der Handwerker-Mittagstisch war für heute aufgehoben. Die Männer strebten über die Freitreppe dem Ausgang zu. Nur Kuno sonderte sich ab. Er hatte aus den Augenwinkeln heraus beobachtet, wie sich die junge Frau, die ihm so selbstsicher geantwortet hatte, von ihrer Gruppe löste. Offenbar strebte sie auf die Toiletten zu. Kuno eilte zu ihr:
„Das war aber gar nicht nett. Da kann ich ganz ungemütlich werden. Überleg dir, wie du das wieder gut machen kannst. Ich bin morgen wieder hier, und du auch! Sonst passiert was!"
Damit machte er abrupt kehrt und ließ eine verstörte Seminaristin zurück.

19.

Bella verringerte ihr Schritttempo. Ihr Magen grummelte. Die ganze Sache gefiel ihr nicht. Sie hatte den verabredeten Treffpunkt erreicht und sah sich um. Die Häuser lagen eingebettet in ihren Grundstücken umgeben von Hecken und Sträuchern. Alte Bäume, deren Wurzeln dem Fußweg einen welligen Charakter verliehen, säumten die Straße. Ihre überhängenden Blätterdächer wirkten wie ein Sonnenschirm. Sie spendeten Schatten und hielten bei leichtem Sommerregen die Straße trocken. Die Umgebung hatte etwas Beruhigendes, wenngleich sie an diesem Abend auf die junge Frau einsam und verlassen wirkte. Bella fröstelte trotz der 22 Grad, die das Thermometer um die Uhrzeit noch anzeigte.

Plötzlich tauchte ein Fahrradfahrer auf und näherte sich. An seiner Seite lief ein Hund, der ab und zu die Nase senkte, schnüffelte und Duftmarken hinterließ. Mit einem Sprung holte er sein Herrchen wieder ein. Bella atmete auf, ging einige Schritte und sah zur Uhr. Noch hatte ihre Verabredung fünf Minuten Zeit, wenn er nicht zu spät kommen würde. Die Warterei kam ihr vor wie das Frühstücken mit Honig. So wie das zähflüssige goldene Naturprodukt, das für den Weg vom Löffel auf das Brot Zeit brauchte.

Bella trat auf der Stelle. Aus der Altentagesstätte der Arbeiterwohlfahrt klang Musik heraus. Auf einmal war sie nicht mehr sicher, ob sie das Richtige tat. Noch könnte sie umkehren, der Polizei den Vortritt lassen. Sich feige aus dem Staub machen. Bella richtete sich auf. Sie konnte nicht zurück. Mark würde sich kein zweites Mal mit ihr verabreden, wenn sie jetzt kniff. Sie dachte an seine sympathische Stimme am Telefon und an das Angebot, sich einmal zu treffen, sich kennenzulernen und dann zu entscheiden, ob sie das Abenteuer eingehen sollte, an einem Live-Chat teilzunehmen.

Von weitem hörte man ein Motorengeräusch, noch lange, bevor man etwas sehen konnte. Die schwarze

Maschine bog um die Ecke. Auf der Höhe des Radfahrers gab der Fahrer Gas. Der Mann auf dem Rad kam ins Straucheln. Das Vorderrad eierte hin und her. Es sah aus, als wenn der Radfahrer versuchte, kleine rot-weiße Hütchen zu umfahren, die dicht aneinander standen. Er riss am Lenker, schimpfte vor sich her und hatte erst nach einer Weile seinen Drahtesel unter Kontrolle. Unterdessen stoppte die Harley neben Bella, blubberte vor sich hin, bevor der Fahrer den Schlüssel drehte und Ruhe herrschte. Mark, der Ex-Freund von Sofie, sah zu ihr auf, zog die Sonnenbrille nach vorne, musterte das Mädchen und bleckte die Zähne.

„Hi!"

„Hi", gab sie zurück.

Sie senkte den Kopf, ohne ihn aus den Augen zu lassen.

„Na, hast du Lust, 'ne Runde mit mir zu drehen?"

Bella zuckte mit den Schultern, lächelte ihn an und ihre Wangen färbten sich rosa.

„Warum eigentlich nicht?"

Jetzt wusste sie, was Sofie meinte. Der gut gebaute Körper des Türstehers zeichnete sich deutlich unter dem T-Shirt ab. Er hatte nichts Bedrohliches an sich, sondern wirkte auf sie wie der Typ Mann, der sie beschützen würde.

Wie er dort auf der Maschine saß! Eine Hand am Lenker, die andere lässig auf sein Bein gestützt. Die blauen Augen strahlten sie an, und sein smartes Lächeln wirkte. In ihrem Bauch kribbelte es. Er reichte ihr den Helm, der vorher am Lenker hing, und sagte: „Komm!"

Unterdessen erreichte der Fahrradfahrer mit seinem Hund die Beiden. Schnaufend fuhr der Mann an ihnen vorbei, warf Mark einen bitterbösen Blick zu und schüttelte den Kopf. Mark ignorierte ihn und reichte Bella die Hand.
Bella rutschte hinter ihm auf das Sitzpad, das Mark extra angebracht hatte, schmiegte sich an ihn und spürte seine durchtrainierten Muskeln. Die Kraft, die von dem Mann ausging, hatte auch der Fahrradfahrer bemerkt und seinen Ärger kommentarlos heruntergeschluckt.
Mark drehte den Zündschlüssel um und drückte den Starterknopf am Lenker. Die Maschine sprang an. Er drehte den Gasgriff. Die Harley schoss los. Bella umklammerte ihn ängstlich. Er roch verdammt gut.

Sie fuhren durch enge Straßen, dann die Bahnhofstraße bei Schlachter Hansen vorbei bis hin zur früheren Bundesstraße 4, wo Mark die Maschine richtig aufdrehte.

Es wurde bereits schummerig, als sie zurückkehrten. Mark setzte Bella vor der Altentagesstätte ab, dem Ort, wo sie losgefahren waren. Der Motor verstummte. Herr Kallweit verabschiedete gerade die letzten Gäste des Altenkaffees. Bellas Knie zitterten. War es das ungewohnte Motorradfahren oder die Nähe dieses Mannes? Sie wusste es nicht.
„Na, Süße. Wie fandst du das?", fragte er sie und zeigte sein Zahnpastalächeln, wie man es aus der Werbung

kannte.

„Klasse!", hauchte Bella und errötete.
„Und, wie sieht es aus? Morgen im Chatraum?"
„Ja, gerne."
Sie hatte es geschafft.
„Bist du sicher?", fragte Mark und ließ sie nicht aus den Augen.
„Ja, bin ich", nickte sie.
„Das wird dir gefallen, so wie allen anderen auch. Du kannst es einfach mal versuchen und wenn du merkst, es ist nicht dein Ding, dann hörst du wieder auf, O.K.?"
„O.K.!"
„Gut, dann treffen wir uns morgen hier. Gleiche Uhrzeit?"
„Ja, gleiche Uhrzeit."
Mark setzte den Helm auf und startete die Maschine. Er drehte sich noch einmal nach ihr um und fuhr davon.
Am anderen Morgen fiel es der jungen Frau schwer, sich auf den Unterricht in der Akademie zu konzentrieren. Ihre Gedanken schweiften immer wieder ab zu dem, was heute auf sie zukommen würde.

Es wurde Zeit. Bella musste sich beeilen. Sie hatte schon viel zu lange vor dem Spiegel gestanden, um zu entscheiden, welche der neu gekauften Dessous sie mitnehmen wollte. Sie stopfte alles in ihren Rucksack, während sie in den zweiten Schuh schlüpfte. Vor der Akademie schwang sie sich auf ihr Fahrrad, das sie sich von Mega-Bike ausgeliehen hatte, und trat in die

Pedale. Als sie um die Ecke fuhr, stand Mark bereits mit seiner Harley an der Straße und winkte ihr zu. Völlig außer Atem legte sie ihr Rad an den Zaun, schloss es ab und ging auf ihn zu.
„Na, alles klar?", fragte er.
„Ja, sorry, ich bin zu spät."
Bella ärgerte sich über sich selbst. Was für eine blöde Aussage. Als ob er das nicht wüsste. Mark lächelte sie an.
„Macht nichts. Wollen wir?"
„Ja."
Sie stieg auf und sie fuhren los. Dieses Mal nahm er eine andere Strecke. Bella hatte keine Ahnung, wo er mit ihr hinfuhr. Kein Wunder. Sie kannte weder Bordesholm noch die Umgebung.

Mark stoppte vor einem weißen Haus mit braunen Holzfenstern. Die Haustür spiegelte den Charme der 70er Jahre wider. Die Beiden stiegen ab. Er stellte die Harley auf den Seitenständer, zog seinen Helm vom Kopf und legte ihn auf den Sitz. Ihren hängte er an den Lenker. Er nahm Bella an die Hand und zog sie mit sich. Im Hausflur stockte sie. Die dunkle Holztreppe und der karg beleuchtete Raum hatten nichts Einladendes. Mark zog ihr den Rucksack von den Schultern und verwies sie auf den Raum, der vor ihr lag. Bella öffnete die Tür und trat ins Wohnzimmer. Hier brachten die großen Fenster mehr Licht. Er bot ihr einen Platz an und sie setzte sich auf das braune Sofa.

„Möchtest du etwas trinken?", fragte er.
„Hm, gerne."
„Was darf ich dir holen. Sekt, Prosecco, Bier, Wein oder einen ‚Aperol Spritz'?"
„Lieber ein Wasser."
„O.K."
Mark verließ den Raum und Bella sah sich um. Der Stil der Möbel kam ihr bekannt vor. Es sah aus wie bei ihrer Großtante. Die Holzart Eiche rustikal beherrschte hier die Einrichtung. Dazu die dunklen Vorhänge und der blumenbestickte Tischläufer auf dem Couchtisch. Sie stellte fest, dass die letzte Renovierung schon Jahre her sein musste.

Mark kam mit einem Glas Sekt in der einen Hand und ihrem Rucksack in der anderen wieder herein. Er reichte ihr das Glas.
„Tut mir leid, Wasser ist aus."
„Was hast du da drin?" Er zeigte auf den Rucksack.
„Darf ich mal sehen?"
Ohne eine Antwort abzuwarten, zog er schwarze Unterwäsche, Seidenstrümpfe, Strapse und einen Lederrock heraus.
„Hm. Das sieht ja super aus. Willst du mir die Dessous nicht mal vorführen?"
Bella zuckte mit den Schultern und wurde rot.
„Na, komm. Ist doch nichts dabei. Steht dir bestimmt klasse bei deiner Figur!"
„Meinst du?" Sie nahm das Sektglas und leerte es in einem Zug.

„Na klar. Wirst darin super sexy aussehen. Komm, ich zeige dir, wo du dich umziehen kannst."

Er nahm sie an die Hand und ging die Treppe nach oben, öffnete die Tür zu einem Raum, der frisch renoviert und modern ausgestattet war. In der Mitte stand ein pinkfarbenes Sofa, davor auf einem kleinen Tisch ein aufgeklappter Laptop. Dahinter an der Wand prangte ein großer Wandspiegel. Seitlich in der Ecke standen ein weißes Regal und eine Stehlampe. Damit hörte es auch schon auf. Aber Bella gefiel es. Mark legte die Dessous auf das Sofa und sagte:
„Ich lasse dich kurz allein, dass du dich in Ruhe umziehen kannst."
Bella nickte und wartete, bis sich die Tür schloss. Sie schlüpfte in ihre mitgebrachten Sachen und betrachtete sich im Spiegel. Der Sekt tat seine Wirkung. Das Zimmer hatte eine angenehme Temperatur, und im Hintergrund lief leise Musik. Bella bewegte sich nach dem Rhythmus, posierte und räkelte sich.

„Hmm, siehst klasse aus!"
Mark stand auf einmal hinter ihr, seine Hände an ihren Hüften und hauchte ihr seinen warmen Atem in den Nacken. Bella schloss die Augen, legte den Kopf zurück und drückte sich an ihn, ohne mit der Bewegung aufzuhören. Seine Lippen berührten ihren Hals.
„So, jetzt kommt die Generalprobe."
Er führte sie zum Sofa hinüber und stellte sich hinter sie.

„Tu einfach so, als tanztest du vor dem Spiegel."
Die Musik machte es ihr leicht.
„Mann, bist du heiß. Zeig mehr. Ich will dich sehen."
Sie begann, Spaß daran zu haben.
„Klasse machst du das. Und jetzt guckst du dabei in die Webcam im Laptop!"
Mark stand immer noch hinter ihr, beobachtete sie aber ganz genau im Spiegel.
„Jetzt ziehst du ganz langsam erst den BH und dann den Slip aus."
Das ging ihr jetzt doch zu schnell. Sie zögerte.
„Jetzt zier dich nicht so. Zieh dich aus!"
Sein Ton wirkte fordernd.
„Hat Sofie sich nicht geziert?"
„Sofie?"
„Ja Sofie, die Sofie!"
„Nein, Sofie war ein Naturtalent."
„War?"
„Ja, war. Schade, sie hätte nicht aufhören dürfen."
„Das heißt?"
„Nichts. Aber manchmal bekommt es einem nicht gut, wenn man das Spiel nicht mitspielt oder zu viel fragt."
Bella sprang auf.
„Ich gehe."
Doch Mark packte sie fest an den Schultern und drückte sie ins Polster. Sein Gesicht näherte sich ihr bedrohlich, und in seinen Augen funkelte es. Leise drohend befahl er:
„Los! Ausziehen!"

20.

Sofie Grödners Tod ließ in den nächsten Wochen weder das Personal der Akademie bis hin zur Führungsetage noch die Teilnehmer der einzelnen Seminare zur Ruhe kommen. Auch die täglichen Mittagsgäste außerhalb der Akademie versuchten, Neuigkeiten über diesen schrecklichen Tod der Seminaristin zu erfahren.

Miriam Schacht, Teilnehmerin des Seminars Nr.74002 mit dem Thema 'Jugend S(s)ucht Gewalt', wartete nach der letzten Theoriestunde auf ihren Dozenten Dr. Ingwer Schlitz. Als der am Lehrerpult seine Unterlagen zusammenpackte, sprach sie ihn an:
„Herr Dr. Schlitz, darf ich Ihnen etwas anvertrauen, was mich sehr bedrückt? Ich möchte Ihnen von meinem Erlebnis berichten, das ich vor ein paar Tagen zur Mittagszeit hier hatte. Seitdem habe ich Angst. Es geht um einen Mann, der relativ regelmäßig hier zu Mittag isst. Ich glaube, er heißt Kuno mit Vornamen."
„Und, was macht er? Wie kann ich helfen?"
Ingwer Schlitz hörte genau zu.
„Dieser Kuno oder wie er heißt, macht mich an. Sind es zwei Tage oder vielleicht drei Tage her, ich weiß es nicht mehr genau, hat er mich bis zum Toilettenflur verfolgt. 'Dich krieg ich noch, du wirst noch von mir hören!' – Diesen Satz hat er mir nachgerufen.
Wenn diese Anmache nicht ein Ende hat, schmeiße ich alles hin und fahre sofort nach Hause."
„Hinschmeißen ist keine Lösung. Sie müssten dann

vielleicht sogar persönlich für die Kosten des Seminars aufkommen. Außerdem, den guten Ruf unserer Akademie lassen wir uns nicht von so einem Typen kaputt machen. Gleich morgen werde ich mich darum kümmern.

Ihr Dozent, Dr. Ingwer Schlitz, atmete tief ein, überlegte und machte Miriam einen Vorschlag:
„Ich fahre Freitag gleich nach dem Länderspiel Deutschland – Portugal nach Schilksee zu meinem Boot. Ich lade Sie ein: Kommen Sie mit auf die Kieler Förde. Wenn das Wetter so schön bleibt, ist es herrlich dort auf dem Wasser und wir könnten sogar den Sonnenuntergang genießen. Oder haben Sie für den Abend etwas anderes vor?"
„Das gerade nicht. Danke für das Angebot und die Hilfe. Das ist wirklich gut gemeint, aber auf einem Boot wird mir immer schlecht. Ich würde gern hier am Bordesholmer See bleiben, die neue Badestelle besuchen und vielleicht sogar bis zu der Insel im See schwimmen. Die Bordesholm-Krimis, alle drei Exemplare ein Weihnachtsgeschenk meiner Eltern, haben mich neugierig gemacht."

Am nächsten Tag, als Ingwer Schlitz die besagte fünfköpfige Männerrunde entdeckte, die sich gerade zum Mittagessen setzte, ging er auf sie zu, grüßte freundlich und begann:
„Meine Herren, lassen Sie sich die Königsberger Klopse gut schmecken. Ich gebe gleich für Sie einen Kaffee aus,

ich habe nämlich ein Problem, wir müssen reden."
Der Dozent berichtete den Männern von der Beschwerde der Seminaristin.
„Das möchten wir hier nicht haben. Sie wissen bestimmt", und er guckte dabei Jörg Stöterau, den Ältesten der Runde, an, „wer das war. Reden Sie mit ihm. Das darf nicht wieder vorkommen, sonst muss ich es der Akademieleitung melden. Die Folge davon können Sie sich sicher denken!"

21.

Dr. Glotz schenkte sich einen Whisky ein und ließ den Tag Revue passieren.
Es war kein Zufall gewesen, dass er den offenbar sittenwidrigen Aushang vom schwarzen Brett der Akademie entdeckt hatte. Er war von Natur aus neugierig. Vor allem wenn es um verführerische Angebote ging, sei es bei eBay, amazon oder Beate Uhse. Und dass seine charmante Gesprächspartnerin von der Eisdiele den Aushang dieser suspekten Agentur an sich genommen hatte, steigerte seinen Wissensdurst in unwiderstehlicher Weise. Vielleicht konnte er der Akademieleitung auch eines auswischen, wenn er publik machen würde, welche Art von Aushängen an ihrem schwarzen Brett zu finden war. Immer noch war er gekränkt, dass man ihn so herablassend abgefertigt hatte.

Also kramte er die Telefonnummer des Aushanges hervor und rief die Agentur an.

„Wenn ich das richtig sehe", fiel ihm eine männliche Stimme ins Wort, als er sich meldete, „kommen Sie als Model wohl kaum in Frage. Aber vielleicht als Kunde."

„Was würde das bedeuten?"

„Lassen Sie eines unserer Models sich für Sie ausziehen. Ganz privat für Sie. In Reihenfolge und Positionen, wie Sie es ihr sagen."

„Und wo treffe ich die Mädchen?"

„Unter www. private-peep.com. "

„Ach so, Sie meinen virtuell? Und wenn ich sie persönlich sehen möchte?"

„Ist von unserer Seite nicht vorgesehen. Aber was die Mädchen privat machen, geht mich nichts an. Und wenn Sie erst im Internet einmal in Kontakt sind, wer weiß? Vielleicht nicht gleich beim ersten Mal. Probieren Sie es doch einfach aus. Lassen Sie Ihren Charme spielen."

„Und wo findet das ganze statt? Hier in Schleswig-Holstein?", fragte er, um auszukundschaften, um was für einen Betrieb es sich handelte.

„Unser Studio meinen Sie?"

„Genau."

„Da geben wir am Telefon keine Auskunft."

„Nun ja. Ich dachte eigentlich auch mehr an die Models. Wegen hinterher, wenn einem eines der Mädchen besonders gefällt, Sie verstehen."

„Das müssen Sie dann schon selbst herausfinden. Wer weiß? Wir haben eigentlich alles. Vom naiven Landei

bis zur versauten Professionellen."
„Ist ja interessant."
„Na sehen Sie. Dann bis bald!"
„Was soll das heißen, ‚*bis bald*'? Ich will doch nicht, dass Sie sich für mich ausziehen."
Er lachte:
„Nee, das wär ja noch schöner. Aber warum eigentlich nicht? Wenn Sie darauf bestehen... – Nein, Spaß beiseite. Ich bin nur für das Personal zuständig. Mit dem Rest habe ich nichts zu tun."
„Und wie wird meine Anonymität gewahrt? Ich meine von wegen Datenschutz. Ich kann ja nicht einfach von einer öffentlichen Telefonzelle aus anrufen."
„Keine Angst. Das finden Sie alles im Internet."
Tags darauf war er drin. Nach ein paar Formalitäten bezüglich Jugendschutz und Datensicherheit geriet er auf eine ganze Bildergalerie von mehr oder weniger verführerischen Frauen, die ihm zur Internet-Peepshow angeboten wurden.
Ein Klick auf eines der angezeigten kleinen Bildchen, und die Minidarstellungen wurden zu bildschirmfüllenden erotischen Fotos.
Einige schaute er sich an. Neben erschreckend ordinären Personen fanden sich auch ein paar niedliche Appetithäppchen. Für jeden Geschmack etwas. Auch für seinen.
Plötzlich stockte er. ‚War das nicht...?'
Er hatte sie schon wieder weggeklickt. Aber das Mädchen kannte er doch. Oder? Also zurück. Und wahrhaftig. Täuschend ähnlich. Oder war sie es am

Ende gar wirklich? Schwer zu sagen. Ihr Gesicht war nicht ganz zu sehen, aber wenn ihn nicht alles täuschte ... Er schaute genauer hin. Auch den Ring meinte er wiederzuerkennen. Fast war er sich sicher.

Sollte er zur Klärung am Abend noch einmal an ihre Tür gehen? Einfach anklopfen und sie fragen? Das erste Mal hatte er sich ja nicht getraut – obwohl er ein wenig angetrunken gewesen war. Aber dann war plötzlich das Licht in ihrem Zimmer ausgegangen.
Klar, sie hatte ihn herausgefordert. Aber wenn das mit der Vergewaltigung nur ein Scherz gewesen war? Außerdem hatte er Angst, er schaffe es nicht. Stichwort ‚Anti-Gewalt-Training'. Wollte sich ja nicht lächerlich machen. Natürlich hatte er keinerlei einschlägige Erfahrung. Und außerdem, wer sagte denn, dass sie allein war?

Tags darauf war er erneut im Internet.
„Es werden nur Girls angezeigt, die gerade bereit sind", las er unter der Bildergalerie. Das Objekt seiner Neugierde war offenbar nicht bereit.
Er versuchte es später noch einmal. Fehlanzeige.
Aber dann, gegen Mitternacht, war sie ‚bereit'. Sollte er? Aber wie, ohne sich verdächtig zu machen. Er wollte ja nur Gewissheit. Andererseits – neuen Erfahrungen gegenüber war er immer offen.
Dann hatte er plötzlich eine Idee, und er entschloss sich zu einem vermutlich ungewöhnlichen Kundenverhalten. Er schaute noch einmal auf die in der Webseite

angezeigte Anleitung und wählte das Mädchen an.

Es erschien, zwar mit T-Shirt und Jeans bekleidet, die Haare brav zum Pferdeschwanz gebunden, doch in eindeutiger Pose, eine junge, schlanke, aber gutgebaute Blondine. Das Gesicht konnte er nicht erkennen.
„Schau mich an", gab er ein.
„Ich bin nicht wegen meines Gesichts hier."
„Und ich nicht zur Fleischbeschau."
„Wozu sonst?"
„Ich möchte deinen Anblick genießen, und dazu muss ich dich ein wenig kennen lernen."
„Lern meinen Körper kennen. Dafür bezahlst du ja."
„Hast du einen gesichtslosen Körper?"
„Für meine Kunden ja."
Spaß schien es ihr nicht zu machen.
„Erotik ohne Blickkontakt, das geht nicht. Jedenfalls nicht für mich. Dann hören wir besser gleich auf. Da wäre mir das Geld zu schade."
War es ein ungewollter Reflex der Neugierde ihrerseits oder hatte sie absichtlich für einen Augenblick seiner Bitte nachgegeben? Jedenfalls hatte sie kurz zu ihm hingeschaut – genauer gesagt zur Kamera. Einen winzigen Moment nur. Aber das genügte. Er war sich sicher. Sie war es.
Dann fing sie an, sich auszuziehen.
„Wie willst du es denn?", fragte sie und begann sich aus dem T-Shirt zu schälen.
„Von vorne oder von hinten?"
„Schultern, Rücken und offene Haare", antwortete er,

neugierig, ob sie diesmal gehorchte.
Wahrhaftig. Sie gehorchte. Dreht sich um, löste ihre Haare und dekorierte sich vor ihm nach seinen Anweisungen.
„Und nun zieh dein T-Shirt wieder an."
„Ist das dein Ernst?"
„Mein völliger Ernst."
Sie gehorchte.
„Hast du auch einen Pullover?"
„Wozu das?"
„Zieh ihn an."
Sie tat, was er sagte.
„Du bist aber seltsam."
„Findest du?", fragte er sie.
„Na ja…"
„Ich mag eine hübsche Person wie dich, jedenfalls solange ich sie noch nicht näher kenne, lieber angezogen und mit einem freundlichen Gesicht als nackt und käuflich."
„Da bist du aber hier an der falschen Adresse."
„Meinst du mich oder dich?"
Sie zögerte einen Augenblick.
„Vielleicht wir beide."
Das tat gut. ‚Wir beide', hatte sie gesagt.
Inzwischen hatte sie einen dunkelroten Pulli mit violetten Applikationen übergezogen.
„Gut so?"
„Perfekt. Und nun dreh dich wieder um."
„War es das?"
„Das Eine ja. Danke. Aber wie meintest du das eben? An

welchem Ort wären wir beide besser aufgehoben?"
„So fragt man Leute aus. Hab ich nicht so gemeint."
„Ich doch. Ich hatte mir eine Eisdiele vorgestellt. Venezia. In Bordesholm."
In diesem Augenblick wurde die Verbindung unterbrochen.

22.

Gleich morgens ging er zur Verwaltungsakademie und fragte nach der jungen Dame von Zimmer 44.
„Wen soll ich denn melden?"
„Ich bin Dr. Siegward Glotz."
„Mal sehen, ob sie da ist."
Die Dame am Empfang telefonierte.
„Nein. Tut mir leid. Ausgeflogen, das Täubchen."
„Ist sie vielleicht schon in ihrem Kurs?"
Die Dame im Glaskasten schaute auf die Uhr.
„Um diese Zeit noch nicht. Die Veranstaltungen fangen erst um neun Uhr an."
„Und sie ist wirklich nicht auf ihrem Zimmer?"
„Sag ich doch. Es sei denn, sie will sich nicht melden."
„Eigenartig. Es ist halb neun. Schlafen kann sie also nicht mehr, wenn sie pünktlich zu ihrem Kurs kommen will. Vielleicht ist sie beim Frühstück?"
„Vorbeigekommen ist sie hier nicht. Aber am besten schauen Sie selbst nach, vielleicht finden Sie sie ja in der Cafeteria unten."

„Danke. Ich schau mal."
Auch dort war sie nicht. Jede Menge munter plappernde Seminarteilnehmer – aber keine Isabella Venga.
Er holte sich einen Cappuccino und wartete. – Vergebens. Fünf Minuten vor Kursbeginn ging er zurück in die Eingangshalle und fragte noch einmal die Dame in der Rezeption:
„Vielleicht war sie ja eben im Bad. Unter der Dusche. Würden Sie es noch einmal versuchen?"
„Gern. Herr Doktor."
Sie wählte und horchte einige Sekunden in den Telefonhörer.
„Immer noch Fehlanzeige. Sehen Sie doch nach, ob sie schon im Seminarraum ist. Hier durch und dann den Gang links , zweite Tür rechts. Vielleicht ist sie ja ohne Frühstück zu ihrem Kurs gegangen."
„Gute Idee. Danke!"
Auch da fand er sie nicht.
Er wartete vor dem Seminarraum, bis der Dozent in den Raum ging und die Tür hinter sich schloss.
Nachdenklich blieb er stehen. Vielleicht kam sie ja zu spät. Immerhin, sie wird ja wohl eine lange Nacht gehabt haben als geplagtes, ausgebeutetes Peepshowmädchen. – Oder ob der Job ihr Spaß macht? Es werden schließlich nicht alle Kunden ihre weibliche Eitelkeit mit abartigen Wünschen in der Weise beleidigen wie er gestern Abend. Gewiss eher durch ganz andere Ansinnen, bei deren Befriedigung sie dann sicher sein kann, ihren virtuellen Gästen Freude zu bereiten.

Sein Blick fiel auf die Bilder der Fotoausstellung der Wattenbeker VHS-Gruppe „Von der Idee zum präsentierten Bild". Wirklich tolle Fotos. Er ging den Wandelgang entlang und betrachtete die Exponate. Der Schnappschuss von einem Marienkäfer, der auf einer Blume in einer Art Spagat von einem Staubgefäß zum nächsten balancierte, ließ ihn schmunzeln. Am besten aber gefielen ihm die Artefakte gleich gegenüber. Allerdings nicht verwunderlich, stammten sie doch vom Meister Stefan Anders selbst.
Er ging noch einmal zur Rezeption und fragte, ob er für die junge Dame eine Botschaft hinterlegen dürfe.
Er durfte.
„Bis wann gehen die Kurse heute?", fragte er.
Die Dame warf einen Blick in den Veranstaltungsplan.
„Für Frau Venga endet die letzte Veranstaltung heute um 15.00 Uhr."
Professor Glotz schrieb auf einen Zettel: ‚*Schade, dass wir getrennt wurden! Fortsetzung heute live 16.00 Uhr im Venezia? Ich freu mich auf Sie!* '
„Haben Sie vielleicht einen Umschlag? Den Text sollte sonst niemand zu lesen bekommen."
„Einen Umschlag nicht, aber hier ist Tesafilm. Falten Sie das Blatt zusammen. Dann können Sie Ihre Mitteilung damit zukleben."
Er tat wie empfohlen und schrieb außen darauf: ‚*Für Bella*'

Alles ließ einen Misserfolg erwarten. Die Uhr zeigte bereits 16.20.

Glotz hatte sich zunächst einen Latte Macchiato und danach einen Waldbeerenbecher bestellt. Der mundete ihm so vorzüglich, dass er – entgegen seiner sonstigen Empfänglichkeit für derlei Zeichen – das erotisierende Klacken der Pfennigabsätze beinahe nicht bemerkt hätte, das allmählich aus Richtung Drogerie und Reformhaus Ilius über das Pflaster der Fußgängerzone näherkam. Nein, es war keineswegs das militante Pferdestampfen der harten hohen Absätze von irgendeinem derben Bauerntrampel oder Möchtegernweibchen, das um jeden Preis sich Gehör verschaffen wollte, es war im Gegenteil die verführerische Audioversion einer Audrey Hepburn – oder, moderner, einer Angelina Jolie oder Claudia Schiffer. Diese seine männlichen Sinne wie eine überirdische Erscheinung berauschende Melodie verdrängte seine ordinäre Eisbecher-Fresslust und erweckte in ihm den immerwährenden Wunsch nach erhabeneren Illusionen zu neuem Leben.

Und da stand sie vor ihm. Keine totgeschminkte billige Peep-Blondine wie gestern Nacht. Nein, ein ganz normales zierliches hübsches Persönchen im eleganten dunkelroten Pulli mit violetten Applikationen näherte sich seinem Cafétisch, zog sich wie selbstverständlich eines der Sesselchen heran, nahm Platz und schaute ihn belustigt und erwartungsvoll an.

„Sieh da, der abgewiesene Herr Professor war gestern mein virtueller Gast."

„Woher wissen Sie ...?"

„Egal. Und woher wussten Sie ...?"

„Lassen wir das."
„Ok."
„Hat die Neugier Sie hierher getrieben?"
„Nein, ich kam ganz zufällig hier vorbei, und sah, dass an diesem Tisch noch ein Platz frei war, und da dachte ich ..."
„Da dachten Sie, der passt auf die Beschreibung der Empfangsdame und sieht aus, als ob er jemanden seit 16.00 Uhr im Venezia erwartete."
Beide lachten.
„Und was hat Sie neugierig gemacht? Bei mir ist das ja klar. Doch umgekehrt?"
„Ich wollte einfach mal raus."
„Wo raus, wenn man fragen darf?"
„Ich habe so Schreckliches erlebt."
„Im Chat?"
„Nein. Das war nur eine einmalige Erkundungstour."
„Erkundungstour?"
„Ach, das alles zu erklären, führt vermutlich zu weit."
„Bei mir auch. Das haben Sie ja sicherlich gestern gemerkt."
„Deshalb bin ich jetzt auch hier. Erst wollte ich natürlich nicht. Aber dann sagte ich mir, das muss doch eigentlich ein interessanter Typ sein – es sei denn, er wollte mich nur ärgern oder mir Vorwürfe machen. Aber den Eindruck hatte ich eigentlich nicht."
„Nein. Wollte ich beides nicht. Aber bitte, Ladies first. Fangen Sie an. Wo wollten Sie raus? Hat das was mit Ihrem One-Night-Job zu tun? Ich höre gern zu. Und wenn Sie wollen, spreche ich mit niemandem darüber."

Bella zögerte.

„Wir kennen uns ja überhaupt nicht. Warum sollte ich dann ausgerechnet Ihnen mein Herz ausschütten?"

„Gut. Dann fange ich an. Soll ich?"

„Gute Idee. Ob ich dann auch etwas ausplaudere, was mich beschäftigt, weiß ich aber noch nicht. Aber zunächst: Schauen Sie mal, Ihr Eis!"

„Sehr gut. Das Eis ist geschmolzen."

Sie verstand nicht gleich, und er lenkte ab:

„Was darf ich uns bestellen? Für mich einen neuen Waldbeerenbecher. Die Früchtesuppe löffle ich nicht mehr aus."

„Ich nehme einen Eiskaffee."

Er bestellte, und dann kam er auf seine Ankündigung zurück und begann:

„Also ich bin in den Chat, um zu sehen, wozu diese – in meinen Augen, verzeihen Sie, unmoralische – Werbung verführen sollte, die Sie vorgestern vor meinen Augen vom schwarzen Brett abgerissen und dann eingesteckt haben. Der Aushang konnte unmöglich etwas mit der Verwaltungsakademie zu tun haben. Dem wollte ich nachgehen."

„Sonst nichts?"

„Na ja, irgendwie fand ich das Ganze ja auch ein wenig prickelnd, nachdem ich da angerufen hatte und wusste, worum es sich handelte und man mir erklärt hatte, wie ich in den Chat kommen könnte. Hatte so etwas vorher noch nie gemacht."

„Und dann sind Sie reingegangen und haben mich entdeckt."

„So ist es."

Inzwischen war das Eis gekommen, und das Gespräch verstummte für eine Weile.

„Und nun Sie."

Bella nahm noch einen kräftigen Schluck von ihrem Eiskaffee.

„Ich weiß nicht."

„Sie können der Sicherheit halber natürlich auch erst meine früheren Studenten befragen, ob ich vertrauenswürdig bin."

Er grinste, und da sie ihn fragend anschaute, fuhr er fort:

„Das Studentensekretariat hat gewiss noch eine Liste von Ehemaligen. Lassen Sie sich die Jahrgänge bis 2008 geben. Danach wurde ich pensioniert."

Nun hatte sie verstanden.

„Schon gut."

Dennoch machte sie noch eine kleine Pause, um sich zu sammeln.

„Im Grunde liegen wir gar nicht so weit auseinander", begann sie.

‚Schön wär's', dachte er und hörte im Geiste noch den Nachhall ihrer Stöckelschuhe.

„Warum lachen Sie? Natürlich denken Sie, ich wollte da jobben."

„Wollten Sie nicht?"

„Nein. Aber das ist eine lange Geschichte. Aber wenn Sie mich immer unterbrechen…"

Er schwieg betroffen.

„Also das Ganze fing so an: Meine Zimmernachbarin

hatte einen Freund."

Da er nicht wieder unterbrechen wollte, verkniff er sich die Frage, ob sie das Mordopfer meinte.

„Und der arbeitete offenbar im Rotlichtmilieu. Ich weiß, dass er sie dazu überreden wollte, für ihn im Chat zu arbeiten, da er daran gut verdienen würde. Als sie sich weigerte, drohte er ihr und wurde handgreiflich. Daraufhin mied sie ihn. Offenbar haben sie sich vor ein paar Tagen zufällig wiedergesehen, als sie zusammen mit mir in einer Disco war. Er bedrängte sie, ließ aber von ihr ab, als andere Discogäste sich näherten."

Ihr geduldiger Zuhörer zog es vor, auch jetzt keine Frage zu stellen, obwohl sie eine Pause machte, bevor sie weiter erzählte.

„An dem Morgen, an dem wir uns begegneten, hatte ich den besagten Aushang entdeckt und ihn abgenommen. Aus ähnlichen Gründen übrigens wie Sie, als Sie sich die Telefonnummer einsteckten. Als ich dann von ihrem Tod erfuhr, war mir klar: Den Zettel hatte Sofie da hin gehängt. Aus Angst vor seinen Drohungen hatte sie einen Auftrag von ihm erfüllt."

Wieder machte sie eine Pause.

„Das alles wollte ich nicht der Polizei sagen, um Sofie nicht in ein schlechtes Licht zu rücken. Es waren ja auch nur unbewiesene Annahmen. Also wollte ich selbst nachforschen und habe mich zum Schein im Chat beworben. Den Rest kennen Sie."

„Nicht ganz. – Hat Sofie denn dort gearbeitet?"

„Offenbar. Jedenfalls tat er so, als ich nach ihr fragte.

Beinahe hätte ich mich verplappert, als ich noch mehr über sie wissen wollte. Dieser Mark – er muss es wohl gewesen sein, mit dem ich gesprochen habe – schöpfte sofort Verdacht, brach das Gespräch ab, schaute mich verärgert an und fragte kurz und knapp: „Willst du nun bei mir arbeiten oder nur blöd schnacken?". Daraufhin habe ich, um mich nicht zu verraten, zugesagt, zunächst für einen Abend zur Probe bei ihm zu arbeiten. Das war gestern. Danach habe ich um Bedenkzeit gebeten. "

Bella sog geräuschvoll den letzten Rest Eiskaffee mit ihrem Strohhalm aus dem Glas und schaute ihr Gegenüber an.

„Woher wissen Sie eigentlich von Sofies Verhältnis mit Mark? Sagten Sie nicht, Sie haben sie erst hier in Bordesholm kennengelernt?"

„Ich habe ihr Tagebuch. Aber das bleibt unter uns. Haben Sie doch versprochen."

„Das habe ich versprochen, und ich werde mich daran halten. Jedenfalls bis Sie mich eventuell einmal von meinem Schweigegelöbnis entbinden."

„Und nun? Was soll ich tun?"

„Ich werde versuchen, mich mit Kolleginnen vom Chat zu treffen, ohne dass Mark davon weiß. Vielleicht wissen die mehr."

„Sollte das nicht lieber die Polizei machen? Ich finde, das ist zu gefährlich. Sie dürfen das keinesfalls auf eigene Faust unternehmen."

„Lassen Sie mich. So lange Mark hofft, durch mich Geld verdienen zu können, tut er mir nichts."

„Aber wenn er Sofie auf dem Gewissen hat und Sie auch nur einen winzigen Fehler machen und sich verraten? Ein schrecklicher Gedanke, dass Sie das nächste Opfer sein könnten, das verstümmelt aus dem See gezogen wird. Gehen Sie lieber zu Polizei!"
„Da kommt doch nichts bei raus. Der Typ ist mit allen Wassern gewaschen. Bestimmt hat er längst Alibis für jede mögliche Mordzeit beschafft. Und einen Durchsuchungsbefehl bekommen die ohnehin nicht so leicht. Wonach sollte man auch suchen?"
„Und das Tagebuch? Wollen Sie es der Polizei verheimlichen?"
„Zunächst einmal: Ja. Die sollen keine Leichenfledderei an der armen Seele von Sofie machen."
„Sie wissen, dass Sie sich dadurch strafbar machen? Unterschlagung von Beweismaterial."
„Das nehme ich auf mich. Irgendwann lasse ich die Polizei es finden."
„Vielleicht könnte ich Ihnen helfen? Wir könnten ein Signal vereinbaren für den Fall, dass etwas schief läuft."
„Vielen Dank. Ich werde gegebenenfalls darauf zurückkommen."
Sie stand auf.
„Ich nehme an, ich war eingeladen?"
Dabei beugte sie sich zu ihrem Gesprächspartner hinab und drückte dem verdutzten Professor einen kindlichen Tochterkuss auf die Stirn und flüsterte zum Abschied:
„Danke."

23.

Acht Wochen zuvor hatte eine Unwetterwarnung die Meteorologenzunft in arge Bedrängnis gebracht. Veranstaltungen waren abgesagt worden, Baustellen gesichert und die Warnhinweise in den Medien hatten sich überschlagen. Demgegenüber hatte sich der Orkan als ein durchaus handfester Sturm erwiesen, aber mit so einem wusste man hier zwischen den Meeren doch umzugehen. Daher waren die Warnungen vor dem Sturmtief Esther eher vorsichtig formuliert und von der Presse kaum aufgegriffen worden. Aber jetzt war Esther da. Er wirbelte Jahrmärkte ebenso durcheinander wie Schützenfeste, und die Einsatzkräfte der Feuerwehren kamen im ganzen Land nicht zur Ruhe.

Amtsdirektor Heinrich Lembrecht sah durch die große Glasfront des Amtszimmers auf den Rathausplatz. Sorgenfalten furchten seine Stirn. Er griff zum Telefon. Wenig später betrat der Leiter seines Ordnungsamtes den Raum:
„Wie lange kann der Mast dem standhalten? Wann fliegen uns die Schilder um die Ohren?"
Auch Sven Ingwersen schaute ernst drein. Er teilte die Befürchtungen seines Chefs seit langem.
„Es reicht ja, wenn ein Schild abreißt. Vor dem Wind segelnd kann das ganz schönen Schaden anrichten."
„Also gut", entschied Lembrecht, „...du lässt den Rathausplatz abflattern, und ich rufe den Handwerks-

und Gewerbeverein an. Die sollen ihren Maibaum flachlegen."

„OK. Für jetzt mag das reichen."

„Wie meinst du das?"

„Ach, du weißt ja, die ganze Entwicklung macht mir seit langem Sorgen. Es soll ja in Zukunft immer schlimmer werden. Immer mehr Energieverbrauch, immer mehr CO_2 in der Luft, wo soll das enden?"

„Aber hier in Bordesholm tun wir doch, was wir können. Betreiben wir nicht eine mustergültige Energiepolitik?"

Sicher und intelligent
vernetzt.

regenerativ ▪ unabhängig

Ziel der Versorgungsbetriebe Bordesholm ist es, unsere Region, das Obere Eidertal, langfristig und nachhaltig mit bezahlbarer Energie zu versorgen. Dabei spielen auch die Aspekte Umweltschutz, regenerative Energieversorgung und unabhängige Energieproduktion eine wesentliche Rolle. Ein wichtiges Ziel für die Zukunft ist die Unabhängigkeit von fossilen Brennstoffen, welches wir mit unserer Vision 2020 strikt verfolgen.

Mehr finden Sie auf
www.vb-bordesholm.de

Der von der Schlosserei Georg Petersen geschaffene Bordesholmer Maibaum war dreizehn Meter hoch. An fünf stählernen Ästen trug der Mast die Wappenschilde der sechzehn Bordesholmer Gewerke. Auch die Schilde waren aus massivem Stahl und hatten bei einer Größe von 60 mal 50 Zentimetern ein erhebliches Gewicht. Sie waren flexibel angebracht, entzogen sich dem Sturm, aber dennoch drückte der Orkan mit großer Kraft auf den Mast. Dieser neigte sich, zitterte und ruckte unter den Böen. Aber er hielt stand. Wie er dem Sturm bereits über 20 Jahre vor dem alten Rathaus in der Holstenstraße die Stirn geboten hatte. Dort aber hatte er weiter entfernt von den Blicken der Obrigkeit seine biegsame Standfestigkeit behaupten können. Wie der Halm, der dem Wind widersteht, weil er sich ihm jederzeit anpasst.

An diesem stürmischen Nachmittag informierte Dachdeckermeister Andreas Bente einige Mitglieder des Handwerks- und Gewerbevereins. Sie sollten den Mast bergen. Mit dem Kran Manitu rückte Klaus-Hermann Reese an. Es gelang, am Maibaum in etwa zwei Drittel Höhe ein Seil anzubringen. Als dieses Seil am Ausleger des Krans stramm gezogen war, wagten die Handwerker, die Schrauben zu lösen, die den Mast in seiner Verankerung hielten. Immer wieder ruckten Windstöße an Mast und Kran. Schließlich konnte der Maibaum, immer straff in der Führung des Krans, nach vorne geneigt werden. Fast hatte er die Lage parallel zum Boden erreicht. Kuno schleppte beflissen zwei Böcke heran, auf denen der Mast ruhen sollte. Jemand schrie: „Achtung, die Schilder!" als auch schon ein Schild sich in seiner Halterung überschlug und Kuno am Kopf traf. Aus einer klaffenden Wunde blutend sank der Handwerker bewusstlos zu Boden. Bis zum Eintreffen der Rettungsdienste wurde Kuno in stabiler Seitenlage im Restaurant Makkarita versorgt. Der Sturm übertönte alles, was er in seiner Bewusstlosigkeit erzählte.

Der Mast blieb bis zum Abklingen des Sturmes in seiner Seitenlage liegen. Vorsichtshalber war der Zutritt zu ihm mit polizeilichem Flatterband unterbunden. Wer zu Kuno Kreidler Zutritt hatte, waren zunächst die Rettungssanitäter, dann im Krankenhaus die Pfleger und Ärzte und seine Mutter, die ihn besuchte. Sie erlebte ihn leise etwas vor sich her brabbelnd. Zu verstehen war aber nichts. Wohl aber einzelne Worte wie „Mama" oder „Küche".

„Na, da haben Sie uns ja ganz schön auf Trab gehalten. Wir wussten ja nicht, was Sie wollten", empfing die Schwester Kuno, als dieser die Augen aufschlug.
„Wieso? Was ist? Wo bin ich?"
„Ganz ruhig. Sie sind im Krankenhaus in Neumünster. Es ist alles in Ordnung."
Kuno blinzelte. Alles in strahlendem Weiß rundherum. Nur die Schwester hatte schwarze Haare, aber die waren weitgehend unter der Haube gebändigt.

„Sie haben geredet. Ob mit uns, wissen wir nicht. Es war nicht verständlich. Aber das ist nicht schlimm, das machen manche Patienten."

Kuno brummte der Schädel. Er fasste mit der rechten Hand nach seinem Kopf und ertastete einen Verband.

„Ja, wir haben Sie schön eingepackt. Aber Sie hatten einen Glücksengel. Oder einen besonders harten Schädel. Nichts ist gebrochen. Wir behalten Sie noch bis morgen zur Beobachtung hier und wenn dann alles gut ist, können Sie nach Hause."

Kuno hörte nur mit einem Ohr zu. Was hatte er erzählt, und wem? Sollte er alle aufsuchen, die nach dem Unfall bei ihm gewesen waren? Nein, dann würden sich die Leute fragen, ob er etwas zu verbergen habe. Aber was war eigentlich geschehen? Ein Schild vom Wappenbaum? Genau, danach konnte er fragen. Unverdächtig.

24.

„He du Rollmops."

Kalle, der Maurerpolier, riss Kuno die Schüssel mit den Pommes aus der Hand und sagte:

„Die gehören mir. Hol dir gefälligst selber welche!"

Kuno war nach seinem Unfall erst seit zwei Tagen wieder auf der Baustelle. Sonst traf er sich zum Essen oft mit Kollegen in der Verwaltungsakademie. Aber die Mitarbeiter der drei Firmen, die an dem schmucken

Haus in der Heintzestraße arbeiteten, hatten ihn eingeladen, an ihrem Mittagsmahl teilzunehmen. „Mit Seeblick", hatten sie auf die Plattform hingewiesen, die sie vor ihrem Bauwagen aufgebaut hatten. Darauf standen ein kleiner Tisch und ein Stapel Stühle. Kuno hatte zugesagt, obwohl es zur Verwaltungsakademie nur ein paar Schritte waren. Aber es war gut, den Kontakt zu anderen am Bau beteiligten Firmen zu pflegen. So konnten Konflikte vermieden werden. Oder bahnte sich hier gerade einer an?
„Aber ich dachte, die sind für uns alle."
Kunos Einwand ging im Lachen der anderen unter.
„Falsch gedacht", grinste Kalle.
„Und außerdem, guck dich doch mal an. Wenn du so weitermachst, schaffst du nichts mehr weg."
„Sieh ihn dir an, Kalle. Beim Essen schwitzen und beim Arbeiten frieren. Das sind die Richtigen", lachte Sven.
Der Altgeselle schlug Kuno mit der flachen Hand auf den Bauch, dass es klatschte.
„Das kommt davon. Gut im Futter – bei Mutter."
Die Männer lachten. Kuno schob den Teller beiseite, auf dem noch eine Handvoll Pommes lagen, und wischte sich den Schweiß von der Stirn. Ihm war der Appetit vergangen. Diese Hänseleien reichten ihm langsam. Nicht nur seiner Figur wegen. Er liebte nun mal gutes Essen und natürlich auch sein Hotel Mama. Warum auch nicht. Seine Mutter verwöhnte ihn gern. Bequemer ging es nicht. Aber was ging das die an!
Da wurden die Männer abgelenkt. Eine Gruppe junger Seminaristinnen ging plaudernd auf dem Bürgersteig

vor dem Neubau entlang zum Parkplatz, auf dem sie ihre Autos abgestellt hatten. Die Handwerker wussten das und richteten ihre Mittagspause entsprechend ein: „Schluss mit dem Streit! It's Showtime!", raunte einer.
Der Platz war gut gewählt. Man hatte von hier aus den besten Überblick. Sowohl die Mädchen, die am See joggen oder spazieren gingen, als auch diejenigen, die zu dem Parkplatz am Kreishaus wollten, mussten an ihnen vorbei. Da gab es viel zu sehen. Die sommerlichen Temperaturen ließen ungeahnte Einblicke zu. Angenehme und erstaunliche. Von kurzen Röcken, Hotpants und engen Shirts, an schlanken, sowie an nicht gerade vorteilhaften fülligen Frauenkörpern wurde alles geboten. Blond und langhaarig schien dieses Jahr die Trendfrisur zu sein. Die Männer vom Bau genossen und ließen sich nicht von feindlichen Blicken stören.
„Na Rollmops, eine für dich dazwischen?"
Der Polier stieß Kuno seine Ellenbogen in die Rippen.
„Oder musst du erst Mama fragen?", lachte der andere.
„Jetzt wo Sofie nicht mehr da ist. Das arme Ding."
„Dir gefiel sie, oder? Konnte man nicht übersehen, wie du sie angeglotzt hast. Hätte nur gefehlt, dass du anfängst zu sabbern", unkte Sven.
Kuno sagte nichts. Hätte er den Kollegen nur nichts von Miriam erzählt, von ihrem Zusammentreffen in der Mensa. Als sie plötzlich auf dem Bürgersteig vorbei ging, hatte er sie ihnen auch noch gezeigt. Kunos Gesicht glich einer reifen Tomate.
Der Polier beugte sich zu ihm hinüber und sagte:

„Bei der hättest du sowieso keine Chancen gehabt. Die stand auf etwas Höherem."
„Eindeutig!", flüsterte ihm der Altgeselle von der anderen Seite ins Ohr.
Kuno brüllte:
„Ach, lasst mich doch in Ruhe!"
„Oh. Unsere Diva ist heute aber empfindlich!"
Kuno sprang von seinem Stuhl auf. Das leichte Möbel fiel krachend zu Boden. Mit einem Satz verließ der Gehänselte die Plattform und hastete Richtung Akademie. Unter der Friedenseiche sah er aus den Augenwinkeln eine Frauengestalt auf die Parkplätze gehen. War das nicht Miriam? Parkte sie jetzt dort, um den verrückten Handwerkern zu entgehen? Kuno eilte hinterher. Am entferntesten Ort des Parkplatzes, unter den Weiden an dem kleinen Bach, der den Akademieparkplatz von dem Kreishausparkplatz trennt, lud eine Frau ihre Tasche in den Kofferraum. Lautlos und für seinen massigen Körper leichtfüßig näherte sich der Beleidigte der Frau, die arglos Sachen im Kofferraum ihres Autos ordnete. Kunos rechte Hand fand das scharfe Teppichmesser in dem an seinen Gürtel geklemmten Köcher. Die Frau bemerkte die Annäherung und wandte den Kopf. Kuno erkannte: Es war nicht Miriam. Aber egal. Er packte die Unbekannte an der Schulter und dirigierte sie um das Auto herum. Zwischen der Kühlerhaube und dem Weidengebüsch an der Au war ein wenig von beiden Parkplätzen uneinsehbarer Raum. Kuno drückte die Frau auf die Kühlerhaube und hielt ihr das scharfe Messer vor das

Gesicht:

„Ganz ruhig, dann geschieht dir nichts", stieß er schwer atmend hervor.

Die Frau begann zu weinen. Unter Tränen schluchzte sie:

„Was wollen Sie. Bitte tun Sie mir nichts. Ich mache ja, was Sie wollen!"

In Kunos Kopf explodierten die Gedanken. Begierde und Lust, Demütigung, Angst und Vernunft bildeten ein gefährliches, unberechenbares Gemisch. Er drängte seinen Körper an den der Frau:

„Ja, was will ich? Dass mich mal eine Frau ernst nimmt. Auch Sex, natürlich?", fragte er sich, als er sich an den warmen, bibbernden Körper presste.

„Aber jetzt müssen wir wohl erst einmal sehen, wie wir aus diesem Ding hier rauskommen. Gib mir den Autoschlüssel und das Handy!", sagte Kuno und trat einen Schritt zurück.

Die Frau wühlte in ihrer Handtasche und händigte ihm beides aus.

„Du hast mich nie gesehen. Hier war gar nichts. Sonst finde ich dich. Und dann..."

Kuno machte eine rasche kreuzende Bewegung mit dem Messer vor ihrem Gesicht.

„Die Sachen lege ich unter die Eiche auf der Verkehrsinsel ins Gras. Du bleibst hier, bis ich vom Parkplatz verschwunden bin. Und...kein Wort zu niemandem!"

Damit ließ Kuno sein leise schluchzendes Opfer allein. Er warf Handy und Schlüsselbund ins Gras unter die Friedenseiche. Aber nach einem Kaffee in der Mensa der Verwaltungsakademie war ihm jetzt nicht mehr zumute.

25.

Wie seit neuem an jedem Vormittag, setzte sich Hannelore Müller-Schlitz an ihren Schreibtisch, klappte den Laptop auf und fuhr ihn hoch. Mit wenigen Mausklicks öffnete sie den Zugang des sozialen Netzwerkes, meldete sich an und gab ihr Passwort ein. Ähnlich einem E-Mail-Konto baute sich die persönliche Seite auf.
Eine Freundin hatte sie überredet, oder besser noch, geradezu gedrängt, sich dort einzuloggen, um regelmäßig mit ihr chatten zu können. Hannelore tat es. Es dauerte nur wenige Tage, bis sie sich mit Facebook vertraut gemacht hatte. Dazu musste sie an alle Bekannte Freundschaftsanfragen verschicken. Die meisten wurden sofort angenommen.
Wenn man sich die Startseite ansieht, beginnt es im oberen Bereich. Schon vorgegeben steht dort: ‚Was machst du gerade?' Hier kann man hineinschreiben, was einem wichtig erscheint. Ebenso Bilder oder Beiträge zufügen oder posten, wie es eigentlich genannt wird. Ein Klick, und die Informationen werden an die Freunde weitergeleitet. Mit der Option 'öffentlich', die man zusätzlich einstellen kann, bekommen auch alle Freunde der Freunde die Nachricht. Wer

nicht darüber nachdenkt und sein gesamtes Privatleben darstellt, kann bei anderen das Gefühl `Fremdschämen` auslösen.

In dem mittleren Teil füllen diverse Fotos, Beiträge und Kommentare, die dort von anderen hinein gestellt wurden, die Seite. Dazu gibt es unter jedem Bericht eine Option, die man anklicken kann. Als erstes taucht `gefällt mir` auf. Mit einem Klick kann man Einträge nach Lust und Laune bewerten, mit dem symbolischen Daumen nach oben oder unten – auch liken – genannt. Zusätzlich besteht die Möglichkeit, Beiträge zu kommentieren oder zu ‚teilen', also weiterzuleiten. Das kann sinnvoll sein. Wenn man etwas Lohnenswertes hervorheben möchte.

Durch das Teilen werden viel mehr Menschen erreicht als in jedem anderen Medium. Zum Beispiel, um den freiwilligen Helfern bei Hochwasser Mut zu machen und Eltern zu helfen, die verzweifelt ihre Kinder suchen. Oder man nutzt es, um Freunde mit witzigen Einträgen zum Lachen zu bringen. Ganz nebenbei lässt sich mit einem oder mehreren Freunden eine Unterhaltung starten, sofern diese online sind. Das geschieht anders als bei einer SMS. Sofort ist sichtbar, wenn zurückgeschrieben wird, und zudem kostenlos. Ebenso möglich ist es, sich diverse Seiten anzusehen, die einen interessieren. Der Suchlauf ermöglicht es. Alles auf einen Blick. Wie praktisch. Fand Hannelore auch.

Dass sie sich mit der Eingabe ihrer persönlichen Angaben wie Name, Geburtsdatum, Wohnort und Beziehungsstatus zum gläsernen Menschen machte, sah sie nicht als Gefahr. Sie glaubte, dass gelöschte Daten für immer verschwinden würden. Das Netz jedoch vergisst nichts.

Obwohl Hannelore sich fest vorgenommen hatte, nicht von dem Medium abhängig zu werden, verging kein Tag, an dem sie nicht online ging, um die Nachrichten und Neuigkeiten zu lesen.

Gerade jetzt, wo sie durch Zufall auf eine Seite gestoßen war, die sie magisch anzog. Schließlich gehörte sie auch zu den Betroffenen. Es ging um untreue Ehemänner. Doch statt diese an den Pranger zu stellen, wurden deren Geliebte öffentlich, mit Bildern und bissigen Kommentaren, allesamt von betrogenen Ehefrauen ins Netz gestellt. Vereinzelte Beiträge riefen sogar zur Hetzjagd auf. Hier wurde sichtbar, wie einfach man an Adressen und Telefonnummern herankam. Der Reiz, den Feind in aller Öffentlichkeit bloßzustellen, gibt für eine kurze Zeit die Genugtuung einer vollzogenen Rache. Selbst wenn viele dieser Darstellungen nicht einmal der Wahrheit entsprechen.

Hannelore lehnte sich zurück, las jeden neuen Eintrag und genoss die Lektüre solcher Feindseligkeiten. Sie lächelte. Das zu verfolgen, brachte ihr sichtlich Spaß.

Ein Klappern an der Haustür ließ sie zusammenzucken. Hannelore fuhr herum und schloss geräuschvoll den Laptop. Kam ihr Mann schon nach Hause? Jetzt schon? Sie horchte, stand auf und sah aus dem Fenster. Bis auf die Äste der Bäume, mit denen der Wind spielte, konnte sie nichts Besonderes erkennen. Es klopfte. Sie ging zur Haustür und öffnete sie. Dabei schlug der

Blumenkranz, den sie erst vor kurzem aufgehängt hatte, gegen das Holz. Der Wind hatte ihn zum geräuschvollen Übeltäter gemacht.

Erleichtert schloss sie die Haustür, setzte sich zurück an den Laptop und las weiter.

Doch die anfängliche Zufriedenheit stellte sich nicht mehr ein. Sie wurde wütend. Und dieses Mal auf ihren Mann. Wieso konnte er auch nicht die Finger stillhalten. Nahm sich eine nach der anderen – war er denn nicht der Lehrer, unter dessen Obhut die blutjungen Dinger standen? Dabei genoss er nicht nur die anhimmelnden Blicke.

Hannelores Hände ballten sich zu Fäusten und sie biss die Zähne zusammen. Alles in ihr brodelte wie im Inneren eines Vulkans.

Hannelore ertrug nur schwer den Zustand um und mit ihrem Mann. Eine Trennung kam für sie nicht in Frage. Nicht nur des Geldes wegen. Es war die Liebe zu ihrem Mann. Sie liebte ihn mehr als sich selbst. Ja beinahe krankhaft. Und sie wollte ihn besitzen, egal um welchen Preis. Es war eine Hassliebe.

Den betrogenen Ehefrauen, die zu dieser Mobbingkampagne aufgerufen hatten, ging es genauso.

Auch sie konnten sich nicht von ihren Männern lösen und hatten keine Skrupel, ihre Rivalinnen in die Verzweiflung zu treiben, deren Ruf zu schädigen und sie im Internet zur Schau zu stellen, statt ihre Männer vor die Tür zu setzen.

Gleichzeitig sollte die Seite alle diejenigen warnen, die auf die Idee kommen würden, sich mit einem verheirateten Mann einzulassen.

Dass die meisten dieser Frauen unschuldig waren, interessierte nicht. Oft hatten die untreuen Ehemänner den Ahnungslosen vorgegaukelt, dass sie Singles seien. So wurden nicht nur die Ehefrauen, sondern auch die Geliebten allesamt belogen und betrogen.

Die Ehebrecher störte das anscheinend nicht. Es hatte für sie ja keine einschneidenden Konsequenzen. Sie warteten lediglich ab, dass sich ihre Liebchen zu Hause wieder beruhigten.

Hannelore fluchte. Sie logte sich bei Facebook aus und fuhr das Programm herunter.

In der Akademie ging der Unterricht dem Ende zu. Zeit zum Handeln. Sie zog ihre Jacke über und ließ die Haustür unsanft ins Schloss fallen. Ihr Mann würde auch dieses Mal nicht bemerken, dass Hannelore ihn nicht aus den Augen ließ.

26.

Nach dem Gespräch mit ihrem Dozenten Ingwer Schlitz setzte sich Miriam vor der Akademie auf eine Steinkante und dachte noch einmal darüber nach. Zu seinem Angebot, mit ihm über die Kieler Förde zu schippern, hatte sie letztendlich nein gesagt. Vielleicht das nächste Mal, schlug sie ihm versöhnlich vor. Sie fand ihn nett und charmant, aber die Vorstellung mit ihm, weit draußen auf dem Wasser, auf einem Boot, alleine?

Nein. Dazu konnte sie sich nicht durchringen. Sie kannte ihn ja kaum.

Ihre Notlüge, sich mit ihren Kolleginnen am Bordesholmer See treffen zu wollen, nahm er kopfnickend hin. Naja, so wirklich gelogen hatte sie nicht. Bereits zum Frühstück in der Mensa hatten diejenigen, die sich nicht für die Fußball-WM begeistern konnten, die Idee, im See, der gleich gegenüber von der Akademie lag, baden zu gehen, ohne sich dabei fest zu verabreden.

Frei nach dem Motto: Wer kommt der kommt.

Miriam war sich sicher, es würden nicht viele kommen, wo doch das Spiel Deutschland gegen Portugal übertragen wurde. Ihr war es recht. Sie hatte für diesen Sport nicht viel übrig, vor allem, seit jeder Spieler in brenzlichen Situationen zu vorsätzlicher Körperverletzung bereit sein musste, wenn er in der Nationalmannschafft überhaupt mitspielen wollte. Und das ganze Tamtam nervte sie bereits. Aber jeder so wie er wollte. Nach dem Unterricht packte sie ihre Strandtasche und zog den Bikini gleich unter, bevor sie zur Seebadeanstalt ging.

Dort angekommen perlte der Strandsand über den Schuhrand direkt unter ihre Fußsohle. Sie stellte die Tasche neben sich ab, ging in die Hocke und griff tief in die klitzekleinen weißen Steinchen, die sie wie bei einer Sanduhr durch ihre Faust rieseln ließ. Den Kopf schief zu Seite geneigt, betrachtete sie den dünner werdenden Strahl.

„He, was machst du da?", fragte ein kleines Mädchen,

das sie nachmachte und ebenfalls den Kopf neigte.
„Ach nichts", sagte Miriam, stand auf und rubbelte sich die Hände. Das kleine Mädchen äffte sie nach.
„Lilly komm", rief eine Jungenstimme von weiter weg. Das Mädchen, das von ihrem Aussehen an Shirley Tempel erinnerte, neigte noch einmal den Kopf zur Seite, streckte ihre zarten Ärmchen nach hinten, lächelte Miriam keck an, sagte: „Tschüss" und flitzte los.
Die junge Frau sah ihr hinterher und schüttelte lachend den Kopf. Sie zog die Schuhe aus und blickte über den Strand, in der Hoffnung, irgendein bekanntes Gesicht zu entdecken.
Ohne Erfolg. Selbst der DLRG-Rettungsdienst vom Strandwagen hatte seinen Posten bereits verlassen. Obwohl die Zeiger ihrer Uhr schon fünf Minuten nach sechs anzeigte, strahlte die Sonne noch mit Macht vom Abendhimmel, und nur wenige Sonnenanbeter, die kein Ende fanden, lagen braungebrannt oder krebsrot auf ihren Badelaken.
An ein ausgedehntes Sonnenbad war um diese Uhrzeit nicht mehr zu denken. Aber um sich noch einmal aufzuwärmen, reichte es allemal. Miriam suchte sich einen Platz rechts von der neuen Seebrücke, die sie irgendwie an die Werbung erinnerte, in der eine Frau im weißen Kleid, mit weißem Hut und zwei weißen Kakadus, sich eine kleine weiße Kugel in den Mund schob. Hmm schade, vergessen. Sie bekam Appetit.
An einem kuscheligen Platz zog sie das große Badelaken aus der Tasche und schlug es mehrfach auf, bis es

sich sanft wie eine Feder auf den Sand legte. Sie zog sich bis auf den Bikini aus, setzte sich mittig auf das Laken, cremte sich ein, hielt sich damit aber nicht lange auf. Die Sonnencremetube fachmännisch zu verschließen brauchte dagegen länger. Sie hatte aus Versehen den Deckel in den Sand gelegt, und so kräftig sie auch pustete und wischte, es gelang ihr nicht den Sand zu entfernen. Hartnäckig hielt er sich in den Rillen. Nach einigen Versuchen reichte es ihr.

Sie drehte die Tube so gut es ging wieder zu und erinnerte sich an ihre Oma, die an dieser Stelle gesagt hätte:

„Beten scheev hett Gott leev."

Der Himmel zeigte sein schönstes Blau. Die junge Frau lehnte sich auf ihre durchgestreckten Arme zurück und winkelte ihre Beine an. Was für ein Anblick. Wie tausende kleine Edelsteine funkelte das Wasser in der Sonne. Ihr Glitzern steigerte sich noch, als der Wind die Oberfläche zu kleinen sanften Hügeln wellte, als würde er mit ihnen spielen. Die Leichtigkeit, die sie überfiel, trug sie für einen Moment.

Am Rande des Schilfgürtels stiegen Luftblasen auf und das Wasser kräuselte sich. Kaum merklich. Und doch störte es das friedliche Bild. Miriam sah hinüber und suchte den Verursacher. Sie nahm an, es sei eine Ente, die abgetaucht nach Nahrung suchte.

Abtauchen, das war das richtige Stichwort. Miriam spürte die Sonnenstrahlen auf ihrer Schulter.

Es wurde Zeit zum Abtauchen. Doch ob sie im See unter Wasser etwas sehen könnte, bezweifelte sie. Sie schwamm so oder so lieber und das auch sehr gut. Sie stand auf, zupfte an ihrer Bikinihose und ging zum Wasser. Plötzlich schrie jemand im Hintergrund. Miriam drehte sich um und erkannte Lilly, die im Kreis lief und sich nicht einfangen ließ. Die junge Frau freute sich über das Kinderspiel und wäre am liebsten mit ihnen mitgelaufen. Ja. Hätte sie sich doch nur vom Wasser ferngehalten!

Aus dem Schilfgürtel heraus wurde der Strand beobachtet. Ein kurzer Blick genügte, der Täter hatte sein Opfer erspäht. Jetzt hieß es nur noch zu warten.

Miriam ging vorsichtig in den See. Das kühle Nass trieb ihr die Gänsehaut auf den aufgewärmten Körper und erfrischte ungemein. Sie fing an zu laufen und die aufgewühlten Wasserperlen sprangen bis zu ihren Knien, wie kleine Elfen, die freudig neben ihr auf und ab tanzten. Das Wasser erreichte ihre Hüften. Miriam nahm Schwung und tauchte ein ins kühle Nass. Mit großen Zügen schwamm sie hinaus. Zuerst auf die freie Fläche zu, bis sie sich aus Neugier entschloss, mit einem kleinen Schwenk zu dem Schilfgürtel hinüber zu schwimmen, wo die Enten ihrer Meinung nach abgetaucht waren.
Als jedoch etwas an ihren Waden entlang strich, das ihr ganz und gar nicht behagte, ließ sie von ihrem Vorhaben ab.

Eine Erinnerung, die sie bis dahin verdrängt hatte,

kehrte zurück. Schon einmal war sie zu dicht an einen Grünstreifen geraten. Dabei hatten sich die Blätter einer Pflanze wie Seile um ihre Beine gewickelt und sie unter Wasser gefangen gehalten. In der Hoffnung, sich befreien zu können, strampelte sie wild um sich. Das Blattwerk zog sich augenblicklich fester, so dass sie sich kaum bewegen konnte. Sie hatte gedacht, sie müsse sterben.

Miriam drehte zügig ab, und es dauerte nicht lange, bis sie die Badeinsel erreicht hatte. Sie kletterte hinauf, setzte sich auf das Holz, steckte die Füße ins Wasser und spielte damit.
Sie sah hinüber zu den aufgescheuchten Enten. Die tödliche Gefahr, die sich vom Schilfgürtel her näherte, bemerkte sie dagegen nicht.

Dann passierte es.
 Zwei Hände griffen nach ihren Knöcheln und rissen sie mit einem Ruck nach unten. Miriam tauchte ab. Von dem Angriff überrascht verlor sie die Orientierung im See, fand kein Oben oder Unten. Sie schlug mit den Armen wild um sich, das aufgewühlte Wasser nahm ihr jegliche Sicht. Ihre Füße klemmten in einem eisernen Griff. Sie gab nicht auf, zog und rüttelte mit ihren Beinen, kam frei und stieß sich an etwas Hartem ab.
Mit Schwung tauchte sie auf. Wie ein Delphin schoss sie in die Höhe. Sie rang nach Luft. Ihren Todeskampf, das Aufschlagen der Arme auf dem Wasser, hörte man bis an den Strand.

Die Menschen, die eben noch gelassen auf ihren Tüchern gelegen hatten, sprangen auf und liefen zum Ufer. Sie sahen zu. Neugierig oder hilflos.
Einer der Gäste zückte sein Handy und rief den Rettungswagen. Keiner von ihnen ahnte, welches Drama sich dort im Wasser abspielte, und vom Strand aus kam jede Hilfe zu spät. Sie alle waren zu weit von ihr entfernt.

Ein letztes Aufbäumen, dann wurde sie erneut an den Knöcheln gepackt. Vor Schmerz schrie sie auf. Mit einem Ruck wurde sie nach unten gezogen und verschwand in der Tiefe unter der Badeinsel.
Es dauerte nicht lange, und sie schwebte ruhig im tiefen Wasser. Die blonden Haare breit gefächert über ihrem Kopf. Sie glich dem Bild einer Meerjungfrau. Hier unten war es still. Friedlich. Miriam gab auf. Sie hatte ihre Kraft verloren. Die letzte Luft drang aus ihrer Nase, kleine Blasen perlten über ihrem Gesicht nach oben. Vor ihr tauchte eine unbekannte Person auf, umfasste ihre Schultern und drückte Miriam noch tiefer hinab. Ihr Brustkorb krampfte sich zusammen. Ein letztes Mal riss Miriam die Augen auf und sah in das Gesicht ihres Mörders.
Dann atmete sie tief in sich hinein und pumpte das Wasser bis in ihre Lungenspitzen.

Ingwer Schlitz war an den See gekommen in der Hoffnung, Miriam hier zu treffen. Erfolglos suchte er sie zwischen den Gästen der Seeterrasse und zwischen

den Sonnenbadenden am Strand, als er die Szene an der Badeinsel bemerkte. Er reagierte sofort, lief so schnell er konnte den Steg entlang zum Sprungbrett, sprang in den See und kraulte zur Badeinsel.
Dort blickte er wild um sich. Hier irgendwo müsste das Mädchen sein. Er tauchte ab. Immer und immer wieder. Doch er fand sie nicht. Er griff nach dem Holz der Insel und ruhte sich kurz aus. Seine Kräfte ließen nach. Plötzlich spürte er etwas Hartes unter seinen Füßen. Er holte tief Luft und tauchte erneut ab. Nach einigen Minuten glättete sich die Wasseroberfläche. Der See hatte auch ihn verschluckt. Er leuchtete in seiner friedlichen Abendidylle und verbarg das Drama, das sich unter seiner Oberfläche abspielte.
Der letzte Versuch glückte. Er bekam das Mädchen zu fassen und versuchte, es mit sich nach oben zu ziehen. Doch es gelang ihm nicht. Da fühlte er einen seltsamen Gegenstand unter ihr. Etwas, das das Mädchen festzuhalten schien. Er trat kräftig dagegen und bekam Miriam frei.
Gischt spritzte in alle Richtungen, als Ingwer auftauchte.

Das Mädchen hing leblos in seinen Armen. Einige Männer die den Kampf nicht tatenlos zusehen wollten, hatten sich ein Boot geschnappt und ruderten wie wild auf die Badeinsel zu. Sie nahmen Ingwer und das Mädchen auf. Sofort begann Schlitz mit den Wiederbelebungsversuchen. An Land warteten Rettungswagen und Notarzt. Sie trugen Miriam in den Krankenwagen

und schlossen die Tür. Minuten vergingen.
Die betretenen Gesichter der Sanitäter ließen keine gute Nachricht vermuten.
Finn, der junge Mann, der als Praktikant auf dem Rettungswagen fuhr, kümmerte sich unterdessen um Ingwer Schlitz, der fassungslos vor sich hin starrte. Finn legte ihm eine Decke über, forderte ihn auf, sich zu setzen, und sprach beruhigend auf ihn ein. Ingwer Schlitz hob den Blick und schaute in das Gesicht des jungen Mannes, der sich seiner angenommen hatte. Er erkannte die entsetzliche Wahrheit. Es war zu spät gewesen. Der Versuch das Mädchen zu retten vergeblich.

Unterdessen hatte der Mörder die Bordesholmer Insel betreten, seinen Tarnanzug und die dazu gehörigen Utensilien gut versteckt, bevor er kaum hörbar zurück in den See glitt.

27.

Der Pathologe Grienau ließ sich nicht stören, als Hauptkommissar Bielfeld und dessen Kollegin Friedberg seine ‚heiligen Räume' betraten. Grienau schaute nicht einmal auf, hielt den Blick gebannt auf das Stück Papier, das er in seinen Händen hielt.
Vor ihm lag der leblose Körper von Miriam Schacht. Nicht nur Bielfelds Stimmung hing im Keller. Diese

Serie an Morden brachte die beiden an ihre Grenzen. Friedberg sah von einem zum anderen. Die Gesichter der Männer wirkten müde.
„Moin Gerd", begann Bielfeld und räusperte sich. Grienau reagierte nicht. Bielfeld tippte mit dem Fuß auf und ab. Minutenlang. Friedberg wusste nicht, was sie mehr nervte, die Stille oder das Tippen. Sie unterbrach das Treiben.
„Herr Grienau, wenn sie so nett wären...."
„Er ist nicht nett!", grummelte Bielfeld, ohne den Fuß still zu halten.
„Chef! Bitte!", mahnte Friedberg. Danach, einen Streit vom Zaun brechen, stand ihr wahrlich nicht der Sinn.
„Was wollt ihr wissen?", platzte es aus Grienau heraus.
„Jedenfalls nicht, wie das Wetter werden soll."
Bielfeld wischte sich über die Stirn. Die Hitze lag ihm nicht.
Grienau lächelte.
„Dein blödes Grinsen kannst du dir sparen. Hast ja keine Ahnung, wo du hier in der Kälte hockst."
Gerd Grienau sah ihn fragend an. Er konnte nicht wissen, dass zu allem Übel auch noch Bielfelds Klimaanlage im Auto ausgefallen war.
„Oh, da ist einer mit dem falschen Fuß aufgestanden", konnte Grienau sich nicht verkneifen.
„Lass meine Füße aus dem Spiel."
„Ist dir der Fuß eingeschlafen, oder warum tippst du die ganze Zeit damit auf und ab. Sag schon, hilft es?"
„Meine Herren bitte!", mischte sich Friedberg ein und schlug einen harten Ton an. Es reichte ihr.

„Gut, ich halte mich kurz", gab Grienau sich versöhnlich.
„Ich bitte darum. Wir haben ja schließlich noch mehr zu tun", sagte Friedberg knapp.
Beide Männer schauten sie verwundert an. Wer von den Dreien hatte hier jetzt schlechte Laune.
Grienau hob abwehrend die Hände nach oben.
„Ist ja schon gut."
Er zog das Laken von der Leiche zurück und begann:
„Also. Die Todesursache ist eindeutig. Das Mädchen ist im See ertrunken. Ob es Mord war? Ich würde sagen: Ja. Sie hat an beiden Knöcheln auffällige Male. Als hätte sie jemand mit den Händen gepackt und unter Wasser gezogen. Hier diese Hämatome an den Fußgelenken: Da hat jemand kräftig zugepackt."
Bielfeld und Friedberg nahmen die Knöchel genauer unter die Lupe und nickten anerkennend.
„Und es kommt noch besser. Mir sind die Male nicht aus dem Kopf gegangen. Ich wusste, ich hatte das bereits einmal, besser gesagt zweimal gesehen. Und zwar bei beiden Mädchen, die wir früher schon aus dem See gefischt haben. Ich habe hier die Akten. Du erinnerst dich?"
Bielfeld nickte und sagte leise:
„Die ungeklärten Mädchenmorde."
„Genau. Also eins kann ich euch sagen. Die ersten beiden und dieser Mord stehen in einem Zusammenhang. Der Mord an Sofie geschah ganz anders als. Sie ist erstickt und nicht ertrunken. Außerdem hatte sie diverse Knochenbrüche und zusätzlich Schnittverlet-

zungen im Gesicht. Aber das wisst ihr ja alles schon. Für mich weist das eher auf eine Beziehungstat oder Ähnliches hin. Ich würde sagen, ihr habt es mit zwei verschiedenen Mördern zu tun. So. Das von mir. Der Rest ist euer Ding."
Trotz seiner schlechten Laune drehte sich Bielfeld an der Tür noch einmal um.
„Danke Gerd."

28.

„Ich vermute, Sie kennen mich nicht. Jörg Stöterau ist mein Name. Ich hatte um ein Gespräch wegen des Bordesholmer Mädchenmordes gebeten."
Bielfeld sah ihn ernst an.
„Wenn ich mich recht erinnere, arbeiten Sie doch in Bordesholm. Ich meine, ich hätte Sie schon einmal zusammen mit Ihren Kollegen in der Kantine der Verwaltungsakademie gesehen. Dann muss es wohl ziemlich wichtig sein, dass Sie extra zu mir nach Kiel kommen, um mich zu sprechen."
„Klar. Ich hätte auch in die Polizeistation Bordesholm zu Frau Friedberg gehen können. Aber ich wollte lieber mit Ihnen sprechen. Unter Männern. Ist doch einfacher. Und es muss auch nicht jeder in Bordesholm gleich sehen, dass ich zur Polizei gehe. Außerdem habe ich ohnehin öfter hier in Kiel zu tun."
Stöterau machte eine Pause und wartete ab.

„Na, dann schießen Sie mal los."

Stöterau zögerte. Schien nachzudenken.

„Ja, wie soll ich sagen", fing er schließlich an, „in diesen Tagen haben wir alle viel über den Mädchenmord geredet. Er geht auch mir nicht aus dem Sinn. Und ich habe nachgedacht. Dabei ist mir immer wieder eine Szene durch den Kopf gegangen, und da sagte ich mir, am besten, ich erzähle Ihnen, was ich beobachtet habe. Vielleicht ist es ja unwichtig. Aber das werden Sie dann selbst entscheiden."

Fragend schaute er Bielfeld an.

„An was für eine Szene denken Sie?"

„Vielleicht war es an dem Tag, an dem Sie mich in der Kantine gesehen haben. Ich aß zusammen mit meinen Kollegen zu Mittag im Restaurant der Verwaltungsschule. So genau weiß ich auch nicht mehr, wie es angefangen hat, aber jedenfalls lästerten wir wie üblich über die Weiblichkeit. Irgendwie war klar, dass Kuno eine Seminaristin besonders auf dem Kieker hatte. Als er dann eine Bemerkung über die Frauen machte, hatte ausgerechnet die seine Worte verstanden und wehrte sich lautstark.

Da nahm Pattensen, einer aus der Mittagsrunde, ihn auf den Arm:

‚Na Kuno, wieder mal abgeblitzt? Übernimm dich man nicht!'

Kuno sagte nichts. Aber er fühlte sich zutiefst beleidigt. Nicht nur von Pattensen, sondern auch durch die junge Frau.

Als wir gingen, blieb er allein zurück und verfolgte sie,

als sie offenbar gerade zur Toilette ging.
Er redete sie an. Die ersten Sätze konnte ich nicht verstehen. Auch nicht, was sie sagte. Aber am Ende wurde er immer lauter und schließlich rief er ihr nach: ‚Sonst passiert was!' "
„Das war alles?"
„Na ja. Immerhin. Es könnte ja sein…"
„Was meinen Sie, könnte sein?"
„Er ist so jähzornig. Und wenn eine Frau ihn reizt, ich meine, ihn abblitzen lässt und an seine Ehre geht – ich dachte an die Schnittwunden im Gesicht der Toten. Wer tut so etwas?"
„Das ist eine schwerwiegende Unterstellung. Ist Ihnen das klar?"
„Nein ich unterstelle ihm natürlich nichts. Es war mir in der Nacht nur so durch den Kopf gegangen. Und da war ich ganz aufgeregt. Konnte nicht mehr schlafen. Ich dachte, besser Sie wissen es. Vielleicht ist es ja unwichtig. Sagte ich ja schon."

29.

Prof. Glotz war zu beunruhigt, um untätig zu bleiben: Bella erniedrigte sich. Sie zog sich vor der Webcam nach den Wünschen ihrer Kunden aus. Dabei arbeitete sie eigentlich nur im Rotlicht, um Nachforschungen über ihre vermutlich genau dort verschwundene und dann ermordet aufgefundene Freundin zu machen.

Zumindest behauptete sie das, und er nahm an, hoffte es ein wenig, dass es stimmte. Er wollte nicht an der Vorstellung rühren, dass ein so engelhaftes Geschöpf wie Isabella, wenn schon nicht gerade jungfräulich, so doch im Grunde rein und verehrungswürdig sein musste. Ohne diese Illusion mochte er nicht sein.
Und nun das. Aber was ihn mehr als alles andere alarmierte: Sie hatte sich ohne Kontakt zur Mordkommission sozusagen als privates Undercover in die mörderische Höhle des Löwen begeben.
Kurz entschlossen fing er Bella nach ihrem Kurs in der Verwaltungsakademie ab, gab vor, wichtige Neuigkeiten über Sofie erfahren zu haben, und überredete sie zu einem zweiten Frühstück im Seecafé. Als sie bestellt hatten, gab er zu, dass er keine Neuigkeiten hatte:
„Nein. Das ist es nicht. Ich habe einfach Angst. Angst um Sie."
Sie schaute ihn belustigt an.
„Ja, ich weiß, ich könnte Ihr Vater sein. Aber vielleicht gerade deshalb. Oder, weil ich in Frauen wie Sie immer sogleich verliebt bin. Jedenfalls kann es so nicht weitergehen."
„Sprechen Sie von Ihrer Verliebtheit?"
Er nahm behutsam ihre Hand, ließ sie aber sofort wieder frei, bevor sie sich hätte sträuben können.
„Das auch."
Er grinste.
„So bin ich nun mal. – Nicht nur ich übrigens. Allerdings äußert sich das bei mir halt etwas anders als bei den meisten Männern. Glaube ich jedenfalls. Sexuellen

Kontakt mit Ihnen könnte und will ich mir überhaupt nicht vorstellen. Wäre unwürdig. Wenigstens, wenn es nur ein oberflächliches Vergnügen wäre. Ich genieße einfach Ihre Nähe. Ich mag Sie. Ist das Liebe? Gewiss. Liebe hat so viele Formen. – Aber ich schweife ab."
Er unterbrach seine kurze Ansprache.
„Wie machen es eigentlich andere Männer? Verehrer haben Sie doch mit Sicherheit mehr als Ihnen lieb ist. Meine Person eingeschlossen. Wie wehren Sie sich dagegen?"
Sie dachte nach.
„Ja, wie wehre ich mich dagegen? Meist genügt ein Blick. Oder einfach Nichtbeachtung. In hartnäckigen Fällen eine kurze Zurechtweisung."
„Da kann ich ja noch ganz zufrieden sein!"
Glotz lachte vergnügt.
„Ja. Können Sie. Liegt vielleicht an Ihrem Alter und daran, dass Ihre Worte nie beleidigend, sondern ungewöhnlich und angenehm wirken. Sie sind immerhin Professor und haben vielleicht sogar eine ganze Menge Geld. Das besticht natürlich."
„Und wenn ich nicht so wäre?"
„Dann säßen wir jetzt nicht hier."
„Sondern?"
„Ich hätte Sie sofort abblitzen lassen. Gleich in der Kantine hätte ich Sie in Ihre Schranken verwiesen. Natürlich nicht so derb wie Miriam neulich, als sie so ein dicker Handwerker doch wahrhaftig bis zur Toilette verfolgte und auf sie einredete."
„Einer von der Runde, die ich dort auch schon erlebt

habe?"

„Genau. Er war zurückgeblieben, als die anderen aufbrachen, und ging ihr nach. Redete auf sie ein und drohte am Ende sogar."

„Drohte?"

„Ja. ‚Ich bin morgen wieder hier, und Du auch! Sonst passiert was!', hatte er am Ende gebrüllt."

„Und? War sie da?"

„Nein. Diesmal hat er eine andere verfolgt. Bis zum Parkplatz. Hinter ihrem Auto ist er über sie hergefallen. Hat es dann aber wohl doch mit der Angst bekommen und von ihr abgelassen."

„Das war derselbe Mann?"

„Ja. Kuno nennen ihn seine Kollegen."

„Und? Ist sie zur Polizei gegangen?"

„Nein. Sie schämte sich. Hat sich einen Pfefferspray besorgt."

„Schämte sich?"

„Versteh ich auch nicht."

„Aber der ist doch kriminell! Da muss doch was geschehen!"

„Und was soll geschehen?"

„Sie gehen zur Polizei und berichten alles, was Sie mir erzählt haben. Wenn Sie wollen, komme ich mit."

„Ja, Papa."

„Nein, war nicht so gemeint."

„Weiß ich doch. Aber trotzdem gehe ich, wenn schon, dann lieber allein. Frau Friedberg kenne ich ja schon."

„Und bitte, mein geliebtes Töchterchen, auch die Webgeschichte sollte die Mordkommision wissen. Sofie

hat nichts mehr davon, wenn Sie verschweigen, was Sie wissen. Geben Sie sich einen Ruck! Überlassen Sie der Polizei das Tagebuch!"
„Mal sehen."
„Ich weiß, ich stehe im Wort. Hab Ihnen ja versprochen, niemandem zu erzählen, was Sie mir anvertraut haben. Auch das von heute natürlich. Aber ich bin ganz ehrlich. Lange halte ich das nicht mehr aus. Ich kann doch nicht tatenlos zusehen, wie Sie in Ihr Verderben laufen. Was ist da schlimmer, Wortbruch oder unverantwortliche Untätigkeit?"
„Sie wollen mich verraten?"
„Noch nicht. Ich würde es Ihnen vorher sagen. Aber ich hoffe, es wird nicht nötig sein, und Sie gehen noch heute zu Bielfeld oder Friedberg."
Seine eindringlichen Worte verfehlten nicht ihre Wirkung. Bella schien nachdenklich geworden zu sein.
„Lassen sie mir einen Tag Bedenkzeit."
„OK. Morgen zur gleichen Stunde wieder hier?"
„Einverstanden."

Eine Stunde später bekam der Professor eine Mail: „Kompliment von Frau Friedberg. Das hätten Sie gut gemacht. Sie weiß jetzt alles. – Isabella."

30.

„Was ist denn, mein Junge. Was machst du?"
Die Stimme der Mutter, bei der Kuno Kreidler immer noch wohnte, klang besorgt. Ihr Junge war doch sonst immer die Ruhe selbst. Jetzt eilte er durch die Wohnung, ergriff hier einen Gegenstand, klaubte dort einen anderen auf und verschwand damit in seinem Zimmer.
„Ach nichts, Mutter", antwortete er.
Aber die besorgte Mutter brach das Tabu und öffnete die Tür des Zimmers ihres Sohnes.
„Du packst? Willst du verreisen? So plötzlich? Wohin denn....?"
Stocksteif, die Socken, die er gerade in die große Reisetasche stopfen wollte, in der Hand, ließ Kuno den Fragenschwall auf sich herabprasseln, um dann barsch zu unterbrechen:
„Mutter, was machst du denn. Hier in meinem Zimmer? – Aber du hast recht. Ich verreise. Nicht lange, für einige Tage."
„Wohin denn? Du hättest mir doch etwas sagen können. Ich hätte für dich gepackt. Wie immer."
Damit ging sie auf den Tisch zu und machte Anstalten, die Reisetasche an sich zu nehmen. Kuno stieß seine Mutter zurück:
„Nein! Das kann ich allein!"
„Aber wohin geht es denn? Bleibst du lange weg? Ich muss doch sehen, ob du genug Wäsche eingepackt hast."
Da brach Kuno zusammen:

„Ich weiß es nicht, Mutter. Ich weiß gar nichts mehr. Monika, die nette Buchhalterin in unserer Firma, die kennst du doch."
Er brach schluchzend ab und floh in die Arme seiner Mutter. Mutter würde es schon richten. Wie sie es so oft getan hatte.
„Komm, Junge, ich mache uns einen Kaffee und dann erzählst du!"
„Nein, dafür ist keine Zeit!"
Aus den Augen des Sohnes sprang Furcht die Mutter an:
„Polizei! Die Polizei! Frau Harms hat mich angerufen. Die suchen nach mir."
„Weshalb denn? Hast du etwas getan, dir etwas zu Schulden kommen lassen?"
„Nein – ja. Aber jetzt ist keine Zeit, später. Ich muss weg."
Er ergriff die Reisetasche, schloss den Reißverschluss, drückte seiner Mutter einen flüchtigen Kuss auf die Stirn und eilte hinaus. Die erschütterte Mutter hörte die Autotür zuschlagen, dann heulte der Motor auf und Kunos Opel Corsa entfernte sich.

Die Kommissarin suchte nach dem Namensschild. Immerhin wohnten neun Parteien in dem Block auf dem Reesenberg. Dann fand sie den gesuchten Namen und drückte den Klingelknopf. Fast zu schnell fragte eine Frauenstimme über den Lautsprecher:
„Wer ist da?"
„Kriminalpolizei. Mein Name ist Erika Friedberg. Mein

Kollege Wilhelm Bielfeld und ich hätten gerne Herrn Kuno Kreidler gesprochen."
„Der ist weg. Nicht zu Hause."
„Sind Sie Frau Kreidler, seine Mutter?"
„Ja, aber ich weiß nichts."
Die Kriminalbeamten lächelten sich an:
„Können wir Sie einen Moment sprechen, Frau Kreidler?"
„Wenn es denn sein muss. Zweiter Stock links."
Der Türöffner summte.
Die erfahrenen Kriminalbeamten bemerkten sofort, dass etwas nicht stimmte. Alles sah nach übereilter Flucht aus. Und Frau Kreidler wollte oder konnte nichts zum möglichen Aufenthalt ihres Sohnes sagen. Sie war bemüht, ihn zu schützen. Hauptkommissar Bielfeld stellte, um sich zu vergewissern, eine letzte Frage:
„Kommt es häufig vor, dass Ihr Sohn plötzlich verreist, Frau Kreidler?"
Die Frau überlegte, dann lächelte sie triumphierend:
„Ja, erst neulich. Das war eine Fahrt der Feuerwehr. Fahrt ins Blaue. Garantiert war das gemeinsame Sehen des Fußballspiels. Weltmeisterschaft. Sonst wäre niemand mitgefahren, sagte Kuno. Da hat er mir auch erst kurz vorher Bescheid gesagt."
„Weltmeisterschaft? Wissen Sie auch, welches Spiel da stattfand?"
„Ja natürlich, ich habe es doch auch gesehen. Deutschland gegen Portugal. 4:0 für uns!"

In ihrem Dienstwagen fasste Kommissarin Friedberg zusammen:
„Sofie ja, das könnte ich mir vorstellen. Miriam kann nicht sein. Dafür hat er ein todsicheres Alibi: Feuerwehr und Fußballweltmeisterschaft, da wackelt nichts. Mit den früheren Mordfällen hat er nichts zu tun. – Richtig, Chef? Sollen wir Kuno zur Fahndung ausschreiben?"
„Ja, unbedingt. Der will untertauchen. Obwohl ich nicht glaube, dass ihm das gelingt. Zu planlos, wenig Geld. Keine Freunde. – Aber immerhin ein entlastendes Fußballspiel. Mal was anderes."

Während die Kriminalbeamten die Fahndungsmaschinerie ankurbelten, stand Kuno Kreidler auf dem Freideck der Skandinavien-Fähre an der Reling. Schauder liefen über seinen Rücken. Möwen schrien über seinem Kopf. Dieses Kreischen, weg mit diesem Kreischen! Kuno Kreidler ließ sich über die Reling fallen. Ein Decksmann hatte die Bewegung aus den Augenwinkeln bemerkt:
„Mann über Bord!"

31.

Verstört saß Ingwer Schlitz vor seinem Schreibtisch. ‚Rechnungswesen einer GbR' stand auf dem Skript vor ihm. Morgen sollte er den Kurs abschließen. Er las und las. Aber nur sinnlose Wörter. Er hätte sie nachplappern können, aber ihre Bedeutung drang nicht zu ihm. Schließlich gab er auf, lehnte sich zurück und ließ den schrecklichen Bildern freien Lauf, die ihn bedrängten.

So hatte er sich den ersten Kuss und die Berührung des Busens von Miriam nicht vorgestellt: Noch immer spürte er ihre blauen, kalten, unbeweglichen Lippen an den Seinen und er durchlebte immer wieder von Neuem die furchtbaren Minuten seiner rhythmischen Pumpversuche, um ihre Atmung wieder in Gang zu setzen. Erst allmählich wurde ihm bewusst, dass es der kalte nasse Mund seiner toten Lieblingsstudentin gewesen war, die er geküsst, und ihr lebloser Busen, den er so brutal behandelt hatte.

Er hatte oft davon gehört, das Wort aber nur abstrakt aufgenommen. Nun erlebte er selbst, was es bedeutete, unter Schock zu stehen.

Er fühlte sich gelähmt. Konnte nicht klar denken, versuchte vergebens, die Details der Badeszene in Erinnerung zu bringen und zu rekonstruieren, was geschehen war, bevor er ins Wasser gesprungen war. Aber alles war weg. Nur einzelne bedrückende Bilder tauchten immer wieder in ungeordneter Reihenfolge zusammenhanglos auf.

Waren es Minuten oder Stunden, die er so verbracht hatte? Das Geräusch der Garagentür weckte ihn aus seinen Träumen. Dann hörte er, wie die Haustür geöffnet wurde: seine Frau.

Er wollte aufstehen und sich bei ihr ausheulen. Als er aber ihr Gesicht sah, verflog die Idee so spontan wie sie gekommen war. Und urplötzlich war er ganz klar bei Verstand.

„Wo kommst du denn her?", fragte er.

„Siehst du doch", antwortete sie und zeigte auf die Einkauftüten, die sie vor ihm auf den Boden stellte.

„Um diese Zeit?"

„Von dir hört man ja schlimme Sachen!", war die wenig informative Antwort auf seine Frage.

„Von mir schlimme Sachen?"

„Was hast du denn mit deinem Liebchen getrieben?"

Entsetzt sah er sie an. War sie von Sinnen?

„Was hat man dir denn da erzählt?"

„Das kannst du dir ja wohl denken."

„Nein. Kann ich nicht, so wie du redest."

„Na, dann werde ich dir sagen, was ich weiß."

„Bitte. Nur zu!"

„Also: ich weiß, dass du ihr bis zu den Seeterrassen gefolgt bist. Vermutlich wart ihr wohl verabredet. Ob ihr euch vorher noch Mut angetrunken habt, weiß ich nicht. Man hat mir nur von euren neckischen Wasserspielen erzählt."

„Wasserspiele nennst du das?"

„Na ja, was ihr da hinter der Badeinsel getrieben habt, hat natürlich keiner sehen können. Sollte wohl auch nicht bekannt werden."

„Spinnst du?"

„Nein, eher du. Macht es dir Spaß dich mit einer Ertrinkenden zu amüsieren? Soll es ja geben. So unter Sauerstoffmangel ... Soll angeblich einen besonderen Reiz ausüben."

Er sprang auf. Stürzte auf sie zu. Wollte ihr mit der Faust auf das unverschämte Maul schlagen, ballte seine Faust und holte aus.

Geschickt wich sie aus, stolperte aber und fiel zu Boden. Schlitz stürzte sich auf sie.

„Bin ich jetzt dran? Nur zu, dann werde ich jetzt wohl die Fünfte. Aber vergiss nicht, mich ganz schnell in den See zu schaffen, bevor die Leute was merken. Ob du mir das Gesicht noch mit dem Messer bearbeitest, ist mir dann auch egal. Das Veilchen in meinem Gesicht reicht dir ja wohl nicht. Hauptsache, ich bin dann schon tot und spüre es nicht mehr."

Erst jetzt bemerkte er das riesige Veilchen und die Schramme an ihrer Schläfe.

„Ich werde der Polizei von deinem Fußtritt erzählen. Irgendwas fällt mir da schon ein, du ertappter Schürzenjäger."

Schlitzi wusste nicht, was er tat. Er legte seine Hände um ihren Hals und drückte zu.

32.

Carsten Wode nahm sich wieder einmal von seiner anstrengenden Arbeit in dem eigenen Beratungsunternehmen für Fischereiwirtschaft ein verlängertes Wochenende frei, um seinem Hobby, dem Angeln auf dem Bordesholmer See, eine geerbte Konzession von seinem Großvater Klaus Wode, nachzugehen. Eigentlich wollte er ja Fischer werden und mit dem Angeln im Bordesholmer See sein Geld machen. Aber dieser Berufswunsch ist schon lange, lange her. Als Biologe und Fischwirt mit eigener Firma fand er in seiner Familie und seinem Zuhause in Bordesholm die private Ruhe und Geborgenheit. Sein Sohn Henrie, gerade acht Jahre alt, spielte lieber Fußball im TSV Bordesholm und hatte noch keine Meinung, mit seinem Vater auf dem Bordesholmer See zu angeln.

So sah man Carsten Wode an den Wochenenden oft allein mit seinem Boot in der Klosterbucht, wenn er die Aalreusen einzog. Schleppnetze und weitere Utensilien lagerten wie in Großvaters Zeiten auf der kleinen Bordesholmer Insel. Den warmen sommerlichen Freitagabend nutzte Carsten Wode zur Vorbereitung auf den morgigen Fang. Fußballfan war er nicht, dafür aber seine Frau Bianca, die sogar die F-Mannschaft ihres Sohnes Henrie betreute und viel auf dem Fußballplatz anzutreffen war.

Morgen früh wollte er versuchen, die Schleppnetze über den See zu ziehen, um endlich auch mal einige Hechte zu erwischen. Er ruderte gemächlich Richtung Insel, genoss die warme Abendsonne und fand dieses Fleckchen hier in Bordesholm immer wieder einmalig schön.

Als er sein kleines Einöd betrat, vergewisserte Carsten Wode sich jedes Mal, ob vielleicht eine oder mehrere Personen inzwischen hier gewesen sein könnten. Alles schien in Ordnung. Er drehte den Knebel der alten Holztür der Hütte nach oben und betrat den einzigen

Raum, um nach einem Ersatzteil zum Festbinden der Schleppnetze zu suchen. Im unteren Regal in der alten Blechkiste müsste er das Teil finden, so dachte er. Die graue Kiste hatte einen anderen Platz, das merkte Carsten Wode sofort, und zwar rechts oben. Im unteren Regal lag etwas Schwarzes, ähnlich einer Plane, eng zusammengewickelt. Er riss es heraus. Eine Plane, wie er dachte, war es nicht.
Er entdeckte einen feuchten schwarzen Neoprenoverall mit angesetzter Kopfhaube. In der Rolle lag eine Tauchmaske. Beide Utensilien waren in ihrer Größe so, dass sie eigentlich nur einer Frau gehören könnten. Carsten Wode wusste, dass dieser Overall nicht billig war, ein Markenanzug der Firma Beuchat, Kaufpreis neu ca. 300 €. Weitere Tauchutensilien fand er nicht. Carsten Wode suchte nach dem Fund noch einmal jede Ecke seiner kleinen Insel ab, um eventuell weitere Sachen zu finden. Nichts, gar nichts. Er nahm den Anzug an sich, ruderte zurück an seine Anlegestelle.
Die Fundsachen brachte er am nächsten Morgen in die Polizeistation Bordesholm. Der diensthabende Polizist nahm den Overall samt Tauchmaske an sich und brachte die Stücke nach Aufnahme der Formalitäten in den kleinen Nebenraum. Carsten Wode war neugierig, ob dieser Anzug als bereits gestohlen gemeldet worden war. Der diensthabende Beamte konnte auch nach mehreren Anrufen einen Diebstahl nicht bestätigen.

Dennoch, Carsten Wode war froh, dieses Fundstück los zu sein, und machte sich keine weiteren Gedanken.

33.

Nahe der Lügenbrücke zweigt vom Seerundweg ein kleiner Pfad ab und führt hinauf an den Rand der bewaldeten Uferböschung. Diesen wählte das eng umschlungene Liebespaar. Oberhalb der Fichtenpflanzung war der abschüssige Weg so ausgewaschen und eng, dass sie voneinander lassen mussten. Als sie in dem breiter werdenden Verlauf wieder zueinander fanden, himmelte sie ihn an:
„Ist es nicht schön, dass du dich auch nicht für den blöden Fußball interessierst. So haben wir den ganzen Rundweg nur für uns!"
Er ließ sich den langen Kuss, der folgte, gerne gefallen. Dann murmelte er:
„War eine Abwägungsentscheidung. Sieht im Moment so aus, als hätte ich richtig gewählt."
„Was hast du gesagt?"
„Nichts weiter, nur so."
Langsam, ihre warmen Körper durch die Sommerbekleidung spürend, bewegten sie sich auf die Anhöhe zu, auf der ein Hünengrab an die frühe Besiedlung der Region erinnerte. Auf einer Bank neben den mächtigen Findlingen nahmen sie Platz. Durch den lichten Baumbestand hindurch sahen sie auf den glatt daliegenden See.
‚Jetzt muss Halbzeit sein', dachte er nach einem langen Kuss, um dann erstaunt zu sagen:
„Du, da scheint sich noch jemand nicht für Fußball zu interessieren", und zeigte auf einen dunklen Punkt im

Wasser hin.

In der Tat: Ein Schwimmer näherte sich der von Bäumen beschatteten Badestelle. Weit vor dem Ufer wurde das Wasser hier zu flach, so dass Schwimmen nicht mehr möglich war. Eine weibliche Person erhob sich aus dem Nass. Sie trug einen dunklen Badeanzug und bewegte sich eilig auf den schmalen Sandstrand zu. Unter dem Gebüsch an der Seite der Bucht zog sie eine Sporttasche hervor und begann, sich aus dem Badeanzug zu schälen.

„Das brauchst du nun nicht zu sehen. Komm, wir gehen weiter", flüsterte auf der Bank die junge Frau ihrem Geliebten ins Ohr, „das kann ich dir auch zeigen. Viel näher."

Sie gingen auf dem am oberen Rand des baumbewachsenen Abhanges, der parallel zum Seerundweg auf die Vogelwiese zu führte, zum Parkplatz. Da hörten sie auf dem unteren Wanderweg schnelle Schritte. Die Schwimmerin lief, offenbar in großer Eile, mit der Sporttasche in der Hand, unter ihnen vorbei.

„Das ist ja gediegen. Erst schwimmt sie während des Fußballspiels, und nun kann sie nicht schnell genug zur zweiten Halbzeit kommen", feixte der junge Mann.

„Wir haben es auch eilig. Aber nicht wegen der Weltmeisterschaft. Komm!", sagte sie und lief ihm voraus.

Der obere Weg machte eine Biegung nach links um die Vogelwiese herum an dem Toilettenhäuschen vorbei zum Parkplatz. Aus den Augenwinkeln sah er, wie die Schwimmerin ihre Sporttasche auf den Rücksitz eines Autos warf, in den Wagen stieg und mit durch-

drehenden Rädern davon brauste.
„Mann, die hat es aber wirklich eilig", sagte er.
„Ich auch", antwortete sie und zog ihn zu ihrem Wagen.
Der Mord an der Seminaristin war am nächsten Tag Gesprächsthema im Ort. Noch vor dem grandiosen Sieg der deutschen Nationalmannschaft über Portugal. Die Zeitungen berichteten über den „Mord im Bordesholmer See während des Fußballspiels" erst am darauf folgenden Tag.
Das Pärchen traf sich im Eiscafé Venezia. Nach einem langen Begrüßungskuss sagte sie:
„Hast du das auch gelesen, mit dem Mord im See?"
„Ja. Komisch, nicht, das mit der Schwimmerin."
Sie bestellten bei der netten Bedienung ihr Lieblingseis: Zwei Erdbeerbecher. Als das Eis gebracht wurde, sagte sie:
„Wir sollten das der Polizei sagen."
Er pflichtete ihr bei.

34.

„Die Gründung der Kanzlei geht in das Jahr 1979 zurück, in die Hochzeit der feministischen Bewegung. Der politische Kampf um die Rechte der Frauen hatte gerade begonnen, die Reform des Scheidungsrechts war nach langem politischem Kampf Wirklichkeit geworden. In dieser Zeit entstand die Idee, Frauen anwaltlich nur von Frauen vertreten zu lassen. Es gab so viele männliche Anwälte, die die Rechte der Männer hervorragend vertraten. Frauen aber brauchten die Energie von Juristinnen."

Hannelore Müller-Schlitz blickte von ihren iPad auf und sah aus dem Fenster des Zuges. Ja, das war die richtige Kanzlei. Und in ihr arbeitete Rechtsanwältin Brigittte Hohmann, Expertin für Scheidung und deren Folgesachen wie Zugewinnausgleich, Unterhalt und Sorgerecht. Hannelore Müller-Schlitz lächelte. So kannte sie ihre Schulkameradin: Immer gegen alles, und vor allem gegen die Männer.

In Norderstedt nahm sich Hannelore Müller-Schlitz ein Taxi zu der Anwaltskanzlei. Brigitte war etwas fülliger geworden, hatte sich aber sonst kaum verändert.

„Vier Frauen hat dein Göttergatte also umgebracht. Wie hast du es nur so lange an seiner Seite ausgehalten?", resümierte die Anwältin. Hannelore schnäuzte in ihr Taschentuch.

„Ist ja auch erstmal egal", fuhr die Juristin fort. „Du bist in Sicherheit, und danach, weshalb du die Taten erst jetzt anzeigst, wirst du erst später befragt. Darauf können wir uns noch vorbereiten. Jetzt wollen wir den netten Herrn Dr. Mörder zunächst zur Strecke bringen."

Damit griff sie zum Diktaphon und begann zu diktieren:

„An die Staatsanwaltschaft Kiel – Durchschrift an den Leiter der ermittelnden Mordkommission im Fall

Miriam Schacht", hörte Hannelore Müller-Schlitz.
Kommissar Bielfeld las langsam und konzentriert. Hatte er sich so getäuscht? Der ihm etwas linkisch erscheinende Dr. Schlitz war für ihn nie als Mörder in Frage gekommen. Aber nach diesen massiven Anschuldigungen musste der Mann vorgeladen und befragt werden.
Die Frau blieb untergetaucht, verriet die Anwältin, jegliche Kontaktaufnahme nur über die Kanzleianschrift. Ihre Mandantin lebe in großer Furcht.

35.

Diesen Abend hatte sich Ingwer Schlitz herbei gesehnt: Skatabend mit seinen besten Freunden im ‚Hotel zur Kreuzung'. Über die Jahre hatte man Vertrauen zu einander gefunden, oft auch sehr persönliche Dinge miteinander besprochen. An diesem Abend bat Ingwer Schlitz seine drei Kameraden um ihre Hilfe:
„Ich brauche euren Rat. Dringend, bevor die Polizei mich sucht."
„Die Polizei sucht dich? Was ist passiert?"
„Habt ihr von dem tragischen Badeunfall gehört?", fragte er.
„Ja klar. Du hast ein Mädchen retten wollen."
„Ihr sagt es. Und so war es auch."
„Und nun? Behauptet jemand, du hast etwas falsch gemacht?"

„So kann man das auch sagen. Aber viel schlimmer. Passt auf."

„Aber Ingwer, wir passen doch immer auf, wenn du was sagst."

„Nein, mir ist nicht nach Spaßen zumute", wehrte Schlitzi ab.

„Haltet euch fest, die Sache ist nämlich so", begann er, „meine Frau behauptet ernsthaft, ich hätte das Mädchen nicht retten wollen, sondern mich unter Wasser an ihr vergangen und sie dann ertränkt."

„Was?", entfuhr es seinen Freunden wie aus einem Munde.

„Und das ist noch nicht alles. Ich war entsetzt und muss wohl irgendwie grob geworden sein. Ein Wort gab das andere. Ich war außer mir. Schließlich war ich so wütend, dass ich mich auf sie gestürzt und sie gewürgt habe. Um ein Haar hätte ich sie umgebracht."

Bestürzt schauten seine Freunde ihn an.

„Und nun will sie mir gleich drei Mädchenmorde unterschieben."

„Wie kommt sie denn darauf? Die werden sie auslachen. Man kennt dich doch als besonnenen friedfertigen Menschen."

„Aber mit allen diesen Mädchen hatte ich vor ihrem gewaltsamen Tod ein Techtelmechtel. Zumindest im Ansatz. Und meine Frau weiß das."

„Das hört sich in der Tat fatal an."

Es entstand eine nachdenkliche Pause.

„Es geht noch weiter. Wahrscheinlich wird sie sich als mutmaßliches fünftes Opfer darstellen. Vermutlich hat sie Würgemale am Hals, vielleicht auch Hautreste von mir unter ihren Nägeln. Und ein Veilchen am Kopf. Das hat sie zwar nicht von mir, aber sie wird es behaupten. Und ich habe Kratzer von ihr an den Armen."

„Sie muss wahnsinnig sein. Will sie dich loswerden?"

„Mit ‚wahnsinnig' liegt ihr nicht so falsch. Ihre krankhafte Eifersucht ist ja wohl allgemein bekannt."

„Lass uns überlegen", riss einer seiner Freunde, ein Rechtsanwalt, das Gespräch an sich. „Wenn wir dir helfen sollen, erzähl uns bitte beides einmal ganz genau. Erst den Vorfall am See und dann die Auseinandersetzung mit deiner Frau. Mit allen Details, an die du dich erinnerst, und wenn du sie noch so unwichtig findest."

Ingwer Schlitz konzentrierte sich so gut er konnte und berichtete haarklein alles, woran er sich erinnerte. Als er fertig war, herrschte betretenes Schweigen.

„Und das dir. Wenn du uns von deinen Verliebtheiten erzählt hast, spürte man, dass du sie verehrt hast, als wären die jungen Frauen kleine Engel, die du anbetetest."

„Nein, du hättest keiner auch nur ein Haar gekrümmt. Das wissen wir."

„Danke!", kam es erleichtert von Schlitz. Und sogar ein kleiner Scherz kam über seine Lippen:

„Ein paar kleine Härchen gekrümmt, das hätte ich vielleicht schon ganz gern. Ganz behutsam natürlich."

„Deinen schwarzen Humor hast du jedenfalls behalten."

„Aber sagt mal", begann der Anwalt, „ein paar seltsame

Details sind mir aufgefallen, die ich nicht erklären kann. Helft mir, wenn ich etwas übersehen habe."
Alle schauten ihn gespannt an.
„Hast du ihr eigentlich gesagt, dass das Ganze sich hinter beziehungsweise unter der Badeinsel abgespielt hat?"
„Nein. Sie hat mich ja überhaupt nicht zu Wort kommen lassen. Interessierte sie ja nicht. Sie war doch nur mit ihren Eifersuchtsphantasien beschäftigt. Nein, davon, wie und wo sich das Ganze ereignet hat, habe ich nichts erzählt. So weit bin ich überhaupt nicht gekommen."
„Also hätte sie es auch nicht wissen können, wenn sie wirklich während der Zeit zum Einkaufen war und noch nichts von dem Unfall erfahren hatte."
„Stimmt.
„Und dann das mit dem Fußtritt. Wie kommt sie darauf, zu behaupten, du hättest sie getreten. Das verstehe ich auch nicht. Hast du sie denn kürzlich irgendwann getreten?"
„Nein. Natürlich nicht."
„Wie kommt sie denn dann nur auf einen Fußtritt?"
„Vielleicht hat sie sich da verplappert."
„Wie meinst du das?"
„Ingwer könnte sie getreten haben, ohne es zu wissen."
Verständnislose Augenpaare richteten sich auf den Sprecher.
„Eine abenteuerliche Idee: Ich denke an den weichen Gegenstand im Wasser, der dann plötzlich doch härter war als erwartet, als du danach getreten hast, um

Miriam zu befreien …"
„Du meinst …?"
„Du musst so schnell wie möglich zur Kripo. Und mache genau diese Aussagen!", riet der Anwalt.

36.

Nach der Vernehmung von Dr. Schlitz zogen Hauptkommissar Bielfeld und seine Kollegin Erika Friedberg Bilanz. Dazu begaben sie sich in das italienische Restaurant „Makkarita" am Rathausplatz. Die temperamentvolle Wirtin Makkarita empfing die Kriminalbeamten mit einem Wortschwall.
„Buona sera, die Kriminalpolizei kommt gerade richtig. Sehen Sie, drei Palmen, die sind ein Wald. Nun fehlt aber eine Palme, über Nacht verschwunden. Futsch! Tun Sie etwas!"
„Zunächst, Signora, möchten wir einen Kaffee. Und dann melden wir es den Kollegen vom Diebstahlreferat. Oder ist bei dem Raub jemand umgekommen?"
„Nein, das nicht. Aber schlimm genug ist das schon. Die Palmen sind eine Leihgabe."
„Vielleicht ein Dummer-Jungen-Streich? Wenn die 'nen Arsch in der Hose haben, bringen sie die Pflanze zurück", wandte Kommissarin Friedberg ein, die Erfahrungen mit verhaltensauffälligen Jugendlichen aus einem Reformprojekt im Strafvollzug hatte.

Makkarita brachte den Kaffee.

„Nun zu unserem Fall", sagte Bielfeld.

„Wir haben die Aussagen von Herrn Dr. Schlitz, die Meldung des Pärchens vom See, die Bemerkung von Frau Müller-Schlitz, mit der sie sich verraten hat, weil sie nur hätte wissen können, wo genau der Unfall sich ereignet hat, wenn sie in der Nähe gewesen wäre. Außerdem ist inzwischen sicher: Der Taucheranzug, der auf der Insel gefunden worden ist, gehört Frau Müller-Schlitz. – Und nun der Clou. Halten Sie sich fest, Frau Kollegin! Grienau hat Hautpartikel an dem Taucheranzug entdeckt, die nicht von Frau Müller-Schlitz stammen, sondern?"

Bielfeld machte eine Pause und sah seine Kollegin so triumphierend an, als offenbare er ihr einen großen persönlichen Erfolg.

„Von Miriam Schacht."

„Damit ist Frau Schlitz-Müller überführt."

„So ist es."

Aber was tun wir jetzt? Wir kennen ihren Aufenthalt nicht. Haben nur die Anschrift der Anwaltskanzlei."

Kommissarin Friedberg antwortete:

„Ja, und deshalb fühlt sie sich auch sicher. Ich schlage vor, wir lassen es über das Wochenende dabei. Montag fahren wir nach Norderstedt und konfrontieren die Anwältin mit unseren Erkenntnissen. Dann wird sie uns sagen müssen, wo sich Hannelore Müller-Schlitz aufhält."

„Genau! So machen wir das. Und morgen gucken wir das Endspiel Deutschland gegen Argentinien. Dein

Tipp?" Bielfeld blitzte seine Kollegin an. Die antwortete:
„Klar, wir gewinnen. Aber nicht 7 : 1 wie gegen die Brasilianer. Vielleicht 2 : 0?"
„Sieh da, die Kollegin hat Fußballverstand. Darf ich dich einladen, das Spiel gemeinsam zu sehen. Wir gucken in der Garage eines Kollegen. Auf Großleinwand. Nur alkoholfrei. Alle Kollegen in Rufbereitschaft."
„Danke für die Einladung. Nehme ich gern an!"
Kommissarin Friedberg war bereits früh an dem Haus des Kollegen, in dessen Garage das Fußballgucken stattfinden sollte. Sie hatte während des Spieles nicht stören wollen. Der Kollege war gerade dabei, den Beamer einzurichten. Über die Leinwand flimmerten Vorberichte. Aus Brasilien, Argentinien und Deutschland.
Da traf Hauptkommissar Bielfeld ein:
„Na Karl, kriegst du das alles rechtzeitig in den Griff", frotzelte er und nahm sich ein alkoholfreies Bier aus der bereitstehenden Kiste.
Da sagte der Moderator im Fernsehen: „Auch in Norddeutschland grassiert das Fußballfieber. Wir schalten jetzt in Norddeutschlands schönsten Biergarten in Norderstedt bei Hamburg, wo die Fans das Spektakel auf einer großen LED-Leinwand verfolgen wollen."
„Na guck, da müssen wir morgen hin", lächelte Bielfeld seine Kollegin an.

Die Kamera schwenkte über den voll besetzten Biergarten, der mit Deutschlandfahnen geschmückt war. Die Fans tranken und sangen sich warm. Eine Reporterin, ein großes Mikrofon in der Hand, war auf der Jagd nach Gesprächspartnern, die eine Ergebnisvorhersage wagten. Zwei Frauen, die sich umarmt hielten, waren das Ziel der jungen Reporterin. Die Frauen hatten sich auffällig sorgfältig in den Nationalfarben dekoriert, und zwar die eine als Argentinien-Frau und die andere in Schwarz-Rot-Gold. Beide trugen einen Bowler-Hut in den jeweiligen Nationalfarben auf dem Kopf, hatten entsprechende Papierschlangen um den Hals gewunden und die Wangen in den Nationalfarben geschminkt.
„Mein Vater ist argentinischer Abstammung. Und ich schwimme auch sonst gern gegen den Strom", sagte die eine der Frauen in das Mikrofon. Die Kamera zoomte das Gesicht ihrer Freundin in Nahaufnahme auf den Bildschirm.
„Vertragen Sie sich dennoch mit Ihrer Freundin?", fragte die Reporterin und fügte hinzu:
„Verraten Sie uns Ihren Namen?"
„Natürlich vertragen wir uns. Ist doch nur ein Spiel. Ich heiße Hannelore..." Damit brach sie, als habe sie sich irgendwie ertappt, ab. Die Kamera suchte sich ein anderes Opfer.
Bielfeld und Friedberg sahen sich an.
„War wohl nichts mit Fernsehen", sagte Bielfeld.
„Nee, Autoradio. Aber auch nicht schlecht", lachte Friedberg.

Die Kommissare erreichten den Biergarten kurz nach der Halbzeitpause. Ein Streifenwagen der örtlichen Polizei erwartete sie.
„Bleiben Sie bitte beim Eingang", befahl Bielfeld den uniformierten Kollegen.
Er und Erika Friedberg drängten sich an den zum Teil stehenden Zuschauern vorbei, um den Fans in die Gesichter sehen zu können. Schnell hatten sie das deutsch-argentinische Pärchen entdeckt. Sie verständigten sich:
„Wir warten. Bis zum Schluss. Oder, wenn es eine Verlängerung gibt, bis zur Pause."

In der 88. Minute des Endspiels wurde Mario Götze eingewechselt. Dann war Schluss der regulären Spielzeit. 0:0. Das bedeutete zweimal 15 Minuten Verlängerung.

In die Biergartenbesucher kam Bewegung. Erika Friedberg war zuerst bei den beiden Frauen.
„Sie sind Hannelore Müller-Schlitz. Ich nehme Sie fest wegen des Mordes an Miriam Schacht. Bitte folgen Sie uns!"
„Was soll das hier? Wer sind Sie? Weisen Sie sich aus!" Brigitte Hohmann war empört.
„Bitte, hier ist mein Dienstausweis", sagte Bielfeld und hielt Hannelore Müller-Schlitz das Papier vor die Nase, „aber wer bitte sind Sie?" wandte er sich an deren Freundin.

„Ich bin Brigitte Hohmann, Rechtsanwältin. Frau Müller-Schlitz ist meine Mandantin."
„Ah, ja, Sie haben die nette Anzeige geschrieben, in der Herr Schlitz verdächtigt wird", stellte Bielfeld fest. „Ich empfehle Ihnen, Ihre Aktivitäten schnell von Angriff auf Verteidigung umzustellen, um im Bilde zu bleiben."
Als Hauptkommissar Bielfeld mit Hannelore Müller-Schlitz und Erika Friedberg auf dem Rücksitz die Auffahrt zur A7 erreicht hatte, schoss Mario Götze das 1:0.

Deutschland war Fußballweltmeister!

Ferner in der Bordesholmer Edition erschienen:
(Stand: Juni 2014)

Bd. 1: Das Grab auf der Insel
Der erste Bordesholmkrimi
von Jürgen Baasch, Lydia Glaubke, Charlotte Günther,
Ines Reich und Hartmut Wiedling
ISBN 978-3844800067   172 Seiten   Preis 9,90€

Bd. 2: De Borsholmer Jedemann
Hugo v. Hofmannsthal sien Stück,
in`t Plattdüütsche sett vun Jürgen Baasch
ISBN 978-3848218066   128 Seiten   Preis 8,90€

Bd. 3: Das Licht
und andere Erzählungen
von Jürgen Baasch, Kirsten Frahm,
Viktor Vogt und Hartmut Wiedling
ISBN 978-3848227112   136 Seiten   Preis 8,90€

Bd. 4: Krimidinner
Kriminalroman
von Hartmut Wiedling
ISBN 978-3848219711   260 Seiten Preis 14,90€

Bd. 5: Schmalsteder Beifang
Der zweite Bordesholmkrimi
von Jürgen Baasch, Silvia Biener, Charlotte Günther,
Diana Kühl und Hartmut Wiedling
ISBN 978-3-8482-2419-7   164 Seiten   Preis 9,90€

Bd. 6: Murmelspiel und Schabernack
Alltagsgeschichten aus unserer Nachkriegskinderzeit
Biografische Reihe, Hrsg. Jürgen Baasch
ISBN 978-3848241415   168 Seiten Preis 10,90€

Bd. 7: Biografische Splitter
Biografische Reihe, Hrsg. Elmer Schmidt und Jürgen Baasch
ISBN 978-3732230983   138 Seiten Preis 9,90€

Bd. 8: Doppelbilder - Vier Paare, acht Geschichten und ein
Gastspiel
9 Erzählungen
von Hartmut Wiedling
ISBN 978-3842342118   136 Seiten Preis 8,90€7

Bd. 9: Ein Haus wird Hundert
Geschichten zur Geschichte
von Franz Rohwer
ISBN 978-3732254576,   88 Seiten Preis 8,50€

Bd. 10: Lotosblüte
Der dritte Bordesholmkrimi
von Jürgen Baasch, Kirsten Frahm, Charlotte Günther,
und Hartmut Wiedling
ISBN 978-3732286584   176 Seiten   Preis 9,90€

Bd. 11: Rezepte für die faule Hausfrau
Kleines Kochbüchlein ohne Anspruch auf Michelinsterne
von Durannimo von der Wied
ISBN 978-3732286287 52 Seiten   Preis 3,90€

Bd. 12: Letztes Jahr
Satirischer Endzeitroman
von Hartmut Wiedling
ISBN 978-3-732289400   156 Seiten   Preis 9,90€

Bd. 13: Krimiwanderungen
Auf den Spuren der Bordesholmkrimis
von Jürgen Baasch, Kirsten Frahm, Charlotte Günther,
und Hartmut Wiedling
ISBN 978-3-735759795 52 Seiten   Preis 4,90€

Bd. 14: Wenn Papa lange wegfährt
Ein Bilderbuch für Kinder
Von Kristina Dohrn
ISBN 978-3-735723086   24 Seiten   Preis 13,90€

Bd. 15: Odile
Erzählung
von Hartmut Wiedling
ISBN 978-3-735....   84 Seiten   Preis 5,90€

Bd. 16: Nordlicht
Heimatgeschichten
Biografische Reihe
Herausgegeben von Jürgen Baasch
ISBN 978-3-735.....   180 Seiten   Preis 9.90€

Bordesholmer Edition
eine Reihe für Autoren von Bordesholm und Umgebung
Herausgeber: J. Baasch und H. Wiedling, Bordesholm
bordesholmer.edition@yahoo.de

Herstellung und Verlag:
BoD - Books on Demand, Norderstedt
ISBN 978-3-7357-7074-5